陈光美 著

东南大学出版社

·南京·

图书在版编目（CIP）数据

邻水而居 / 陈光美著 . -- 南京：东南大学出版社，2024.3
ISBN 978-7-5766-1348-3

Ⅰ . ①邻… Ⅱ . ①陈… Ⅲ . ①诗集 – 中国 – 当代 Ⅳ . ① I227

中国国家版本馆 CIP 数据核字（2024）第 020378 号

责任编辑：杨　光　　责任校对：李成思　　封面设计：刘　俊　　责任印制：周荣虎

邻水而居
Lin Shui Er Ju

著　　者	陈光美
出版发行	东南大学出版社
出 版 人	白云飞
社　　址	南京四牌楼 2 号　邮编：210096
网　　址	http://www.seupress.com
经　　销	全国各地新华书店
排　　版	南京私书坊文化传播有限公司
印　　刷	苏州市古得堡数码印刷有限公司
开　　本	880 毫米 ×1230 毫米　1/32
印　　张	8.5
字　　数	154 千
版　　次	2024 年 3 月第 1 版
印　　次	2024 年 3 月第 1 次印刷
书　　号	ISBN 978-7-5766-1348-3
定　　价	49.00 元

本社图书若有印装质量问题，请直接与营销部联系调换。电话（传真）：025-83791830

谨以此书献给我生活着的这片土地!

目录

辑一 流水或其他

怀想春天 _ 003

春水谣 _ 004

初夏 _ 005

野花 _ 006

遥望村庄 _ 007

散步 _ 009

湖边 _ 010

下草湾 _ 011

阅读一段流水 _ 013

离别辞 _ 014

天将晚 _ 015

蝉语 _ 016

收割 _ 017

流水或其他（组诗）_ 018

遇见 _ 022

旷野 _ 023

渡口 _ 024

芦苇荡 _ 025

深夜，在湿地醒来 _ 027

郊外 _ 028

水中杉 _ 029

晨曲 _ 030

溧河洼 _ 031

夏收 _ 032

七月雨巷 _ 033

与一片青瓷对话 _ 034

退场 _ 035

古镇临淮 _ 036

梨园 _ 037

在尘世 _ 038

归巢 _ 039

坐在田埂上 _ 040

小镇 _ 041

黄昏退向远方 _ 042

所有的枝条已准备好了花朵 _ 043

梦境 _ 044

纸风筝 _ 045

雪后 _ 046

在湿地,与一朵花对视 _ 047

入湖口 _ 049

夜行 _ 050

穿过十里荷风 _ 051

活着 _ 052

一年中的最后一天 _ 053

行走水乡 _ 054

腊八 _ 055

飞翔 _ 057

邻水而居 _ 058

辑二 与黄昏对坐

针线活 _ 061

永不褪色的记忆 _ 062

赶路人 _ 063

瞬间 _ 064

生活 _ 065

初见 _ 066

与黄昏对坐 _ 067

抵达 _ 068

秋风起 _ 069

旧年来信 _ 070

一条河 _ 071

雪花 _ 072

冬天的树 _ 073

落羽 _ 074

春风,牵着三月走来 _ 075

湖水深处 _ 077

流淌的旧时光 _ 079

湖上 _ 080

叮嘱 _ 081

夏日黄昏 _ 082

待渡亭 _ 084

夜的边缘 _ 085

小满 _ 086

秋叶 _ 087

回家 _ 088

守望（一）_ 089

夜的秘密 _ 090

往事 _ 091

村庄 _ 092

父亲的肩头 _ 093

黎明之光 _ 094

半个窗口 _ 095

我紧挨着一株禾苗坐下 _ 096

发现 _ 097

回乡 _ 098

年味，萦绕在村庄上空 _ 100

老街，渐行渐远的记忆 _ 101

归途 _ 103

等你 _ 104

亲近一池荷花 _ 105

风吹过 _ 106

雪落无声 _ 107

阳台上的春天 _ 108

兄弟 _ 109

低头赶路的人 _ 110

途中 _ 111

独坐 _ 112

一个人的中秋 _ 113

一只小鸟沿小径走来 _ 115

冬日里的父亲 _ 116

秋天的缺席者 _ 117

冬至 _ 118

辑三 举在头顶的村庄

举在头顶的村庄 _ 121

路遇一只麻雀 _ 122

古徐阁 _ 123

高过头顶的乡愁 _ 124

一盏油灯 _ 126

泗州古城 _ 128

乡村帖（三首）_ 130

夜归 _ 134

我的村庄 _ 135

元宵夜 _ 136

父亲的麦田 _ 137

老年卡 _ 138

牵着故乡的手 _ 139

身披阳光的人 _ 140

心灯（二）_ 142

粗布鞋 _ 143

清明 _ 144

和一只燕子同命相怜 _ 145

悦来寺 _ 146

小镇春天 _ 147

农家乐 _ 149

放学路上 _ 150

守望（二）_ 152

一粒阳光 _ 153

我把故乡失落在春天里 _ 154

年味 _ 155

墙角的犁铧 _ 156

草木青青 _ 157

春耕 _ 158

送煤气罐的男人 _ 159

包装女工 _ 160

烤山芋的老人 _ 161

再听一听母亲的唠叨 _ 162

露从今夜白 _ 163

父亲 _ 164

起风了 _ 165

夜读 _ 166

地铁 _ 167

今夜，掬一捧月光 _ 168

雕窗 _ 170

千禧塔 _ 171

水岸周冲 _ 172

呓语 _ 173

土地 _ 174

窗外 _ 175

父亲的春天 _ 176

上塘古井 _ 177

洪泽湖渔鼓 _ 178

魏营古桥 _ 179

浮山堰　180

辑四 像河流一样活着

院子里的石榴熟了 _ 183
旧杯子 _ 184
像河流一样活着 _ 185
大湖入城 _ 186
少年 _ 187
安东河 _ 188
母亲的春天 _ 190
和鸣 _ 191
夏在九圩 _ 192
升旗 _ 193
踏入一截旧时光 _ 194
谷雨封藏 _ 195
酒镇 _ 197
城里的月光 _ 198
在雪枫墓园仰望一缕星光 _ 199
东关口 _ 200
贝壳，吹响海的潮汐 _ 202
水上森林 _ 204
流云 _ 205
酿酒记 _ 206
七月，安静地走过 _ 207
秋的味道 _ 208
等待一场雨 _ 209

时光，一饮而尽 _ 210

巡线手记 _ 211

高塔之上 _ 213

春在赶来的路上 _ 215

天岗湖畔 _ 216

上岸 _ 217

地下酒窖 _ 218

古槐 _ 220

曲妹 _ 222

一滴原浆，蕴藏天地辽阔 _ 224

今夜，想起一条河 _ 226

小草的心跳 _ 228

饱含泥香的母亲 _ 229

坐在阳光下 _ 230

村庄，在雪花中醒来 _ 231

石岭 _ 232

五月，蹚过一条河流 _ 234

饮一杯如酒的月光 _ 236

春天之约 _ 238

亲近一粒沙 _ 240

观花 _ 241

重生 _ 242

采菱 _ 243

过客 _ 244

雨后的湖 _ 246

淮洪调 _ 247

阳光照在河面上 _ 248

深秋来信 _ 249

后记 _ 250

辑一

流水或其他

鸟雀的啼叫
揭开一个季节的盖头
温柔的声音
如同清晨
拉开窗帘时涌入心头的朝阳

怀想春天

红瓦屋顶上升腾起渐渐聚拢的黄昏
一缕白如薄雾的炊烟里
零星飘散出村庄的一些情致和苍凉

季节的目光穿过结满薄冰的河面
与飞舞的雪花一起
诉说村庄的冷暖

白雪之下,麦苗在日夜生长
骨骼的脆响格外清晰
一些暗藏在雪花中的往事
开始苏醒

低矮的屋檐上,鸟雀的啼叫
揭开一个季节的盖头
温柔的声音,如同清晨
拉开窗帘时涌入心头的朝阳

春水谣

河流是春天的出口
蹚过裹着鸟鸣的浪花
季节顺流而下

闪烁的波纹是春风寄存的便笺
渡口早已荒废
却有足够的空间
盛放流水发芽的声音

扔向水面的石子
推搡着初醒的河面
荡开的涟漪
让河水又长高了几分

初夏

内心充满激情的风
在夏的扉页上放逐光阴
我静坐在江南的梅雨里
隔着窗帘看青瓦苍苔的妖娆

石径上滴答起季节的足音
青春期的雨放荡不羁
把屋檐描画出
一丝清亮的眉线
几只麻雀,在枝头跳来跳去
潮湿的啼叫
是一种无法安放的乡音

黄昏推开木门
摇摇晃晃的老宅
在几声新鲜的蝉鸣声里
向我招手

野花

田野上,野花在春的怀抱里
蔓延。一朵跟着一朵
它们是春天最古老的韵脚
迫不及待地在大地上奔跑

此刻,它们多像我儿时
左邻右舍的小伙伴
极其熟悉却又无法一下子
喊出它们的名字
一道道矜持真挚的目光
如此亲切

捎回我曾一度丢失的童年时光
在这个叫作老家的地方
每一朵野花都成为
我童年的一位小兄弟

遥望村庄

我再也无法在村口的槐树上
寻找到挂在树梢上的童年
孤零零的鸟巢
在村口的上空与风纠缠不清
撕扯着心底残存的一丝记忆
那个渐渐步入中年的男孩
正小心翼翼地捡拾起片片零落的乡音

遥望村庄,曾经炊烟缭绕的房舍
早已被麻雀和蜘蛛占有
肆意疯长的野草成为这里的主人
遗落在荒草中的石磙
仿佛一位孤独的老人
成为村庄忠实的留守者
讲述着村里的四季,月下的麦场
以及那段亦苦亦乐的岁月

西坠的夕阳一头扎进漫漶的暮色里
时光仿佛一下子苍老了许多

月亮在村头穿来穿去
寻找那个曾经装饰自己梦境的少年
月光下,记忆中最柔软的部分
被荒草中的虫鸣惊落一地
碎成人生中一种无法割舍的痛

散步

秋日的午后
我时常去河堤上散步
河流从堤岸旁蜿蜒向远
瘦骨嶙峋的枝条
勾住一枚熟透的夕阳
光阴中,秋天
与相隔不远的故乡
一同消失在河堤的尽头

面对夕阳
我接纳了落日的伤感
所剩无几的时光
在苍茫的暮色中遁去
只留下我在这萧瑟的河堤上
独自品尝
繁华落尽后的味道

湖边

夜色沿着湖面徘徊
凝结成的雾气
在水面落满清凉
微风提着琴音从堤岸走过
城市霓虹的倒影
在湖面上梳妆

弹琴的人用双手
整理心事
一些尚未命名的事物从暗处醒来
各自有了表达的欲望
星月隐身,大地沉寂
入夜,我听到了湖水起伏的鼾声

下草湾

河流,环抱着这片绿洲
力量来自远古

高歌或低吟的浪花
前呼后拥
仿佛开启一场古老的仪式
两岸黄褐色的沟壑
怀揣沉甸甸的秘密
意象含蓄,需反复推敲

风,逾越万年
迎送星辰
在朝阳和落日里
摇醒一个土著的后裔
用原始的果浆酿造酒香
用酒香升起照耀古今的明月

一滴水,一粒土,一截骨骼
是解开远古的密码

风贴着河面淌过,一件
远古骨骼化石的碎片里
山川河流的雷鸣
隐约可闻

阅读一段流水

晚风拓印出河水的苍茫
水面的微波,摇碎,又瞬间重合
像一部章节分明的书
古渡表情依旧宁静、安详
如一位着青衫留长须的老者

河水在尘世的喧嚣中行走
裹挟起集聚的泥沙
一朵浪花亲吻着一朵浪花
一滴水就是一颗顶着露珠的星辰
在河床温馨的怀抱里芬芳着两岸

怜悯的风,有河水清凉的体温
正用她的呼吸,打开落霞
在夕阳残红的波光里
伫立岸边的芦苇
眺望远方的目光从未折断

离别辞

落日如昔。大海深邃得
仿佛高悬在空中
深情的浪花一遍又一遍
抹去礁石的疼痛

夕晖下,海面
投射出天空的不舍
裸露的心事挂在退潮后的浅滩
海水妥协于岸的执拗
铺开所有的故事情节

风停了,最后一朵浪花拍拍堤岸
走了。回头的那一瞥
如同一位游子

天将晚

黄昏并没有因秋雨
延缓它的到来
灰色的心,加深了
苍凉的堆积
此刻,暮色匍匐在脚下
它们从四周围拢过来
裹挟着生活的烟火

穿过黄昏,我们依然
在暮色里赶路
伞的背面,命运空荡
落下的雨水
不断打在撑起的雨伞上
急促的声响,像是
父亲病重卧床时隐忍的呻吟

蝉语

这个不大的村庄把每一声蝉鸣
都举在头顶。它们在一截
枝繁叶茂的夏日里安身
一些往事透过单薄的蝉翼
显露出来
清晨,它们吸食露水
用方言叫醒村庄

它们用声音丈量天空的高度
滚烫的乡音里藏着七月的人间
一场暴雨过后
再一次沸腾的蝉声
仿佛夏日热烈的目光
为每一个归来者
拭去身上的风尘

收割

阳光沿着麦粒向上攀缘
沉甸饱满的麦穗展露锋芒
大地生出匍匐之心
布谷鸟的叫声是生动的修辞
定格在一晌之间

天空缄默,唯有风
在刺探田野的秘密
父亲踏入麦田
一大片金黄就矮了下去
弯下去的脊背
把夕阳一同收割

父亲看着那些躺倒的麦穗
如同凝视他的一生

流水或其他(组诗)

雨落河滩

落在河滩上的雨渗入泥土
那些原本沉睡的草木
开始活络起来
揣着一颗荡起波澜的心
趁雨停的间隙在田埂上歇息

雨中的河滩鲜活而忙碌
一边返青,一边开花
一边又忙着剥开各色种子的胎衣
浩荡的春风从八百里外赶来
和野花野草唠起远方的故事

雨水浸润的河滩
春讯有了扎根之地
河水渐渐吻上滩涂
浅绿渐渐爬遍斜坡,那些
翩然不语的生活细节
把河滩空着的地方,渐渐填满

流水芬芳

湖水轻抚着堤岸,温柔得
足以让怀中的水草心生暖意
云朵在湖的身体里巡戈
像撒播在湖中的白莲
水声如琴,有微腥的水草味拂过
一群遮阳伞,斜插进来
莲花一样盛开在通向湖心的
木质廊道上

在湿地,矜持的莲花如同女主人
迎候每一位到访者
花瓣在细长茎秆的肩头绽放
像一个少女的背影
缓缓走向大湖深处
湖水朴素的芬芳,随之荡漾开来

流水或其他

落日融进湖水,一大片芦苇
表情坚毅,目视远方
水雾中,青春的骨骼
日渐丰满,挺拔

湖水的秘密最先被芦苇知晓
昏黄的水面被风剪成碎片
不断涌到芦苇的脚下
静与动,在拔节的声音里和解

一些斜伸入水中的芦苇
延缓了湖水的衰老
它们有着一种不动声色的从容
傍晚的湖边是如此地安静
面对这片深过湖水的温情
请原谅迟暮的我,迟到了好多年

露营

将熄的篝火，加重了
夜的陡峭
飘忽的火苗如同在尘世中
重逢的亲人
不远处，倚着栏杆远眺的你
优雅成一枝含苞的蕊
在一双透亮的眸子里生根

而此刻，我只能沉入黑夜
捡拾夜空黝黑的脊背上浮现出的
三两粒星光
在篝火燃尽之前
结束对一段往事的依恋
不再误入夜的歧途

遇见

三月,桃花半开
像是春风留在文案上的一枚印章
阳光慢下了脚步
跟随我们走在触手可及的桃林
微风吹过,枝头的花朵
频频点头问候,绯红的脸颊
比它们的主人还要矜持
它们身体微倾,一朵紧挨着一朵
每一朵都藏着一个春天的故事

一株微驼的桃树,面无倦容
在日渐丰盈的土地上伸展枝条
一些往事寄身于一截
属于桃花的光阴
在细微处流露出某种音讯
仿佛在暗示这个花季的盛况
那张八年前在陈圩小镇的合照
色质泛黄,比杯中六十度的
桃花酿,还要入心

旷野

褪色的落日,像一个
无法走进故乡的人,在黄昏里
虚构一场久违的农事
过往的风,喷着冰冷的气息
碾压过来
成为旷野的一部分

暮色一泻千里
一些原本属于旷野的事物
在时序的轮回中湮灭
河水的皱纹里暗藏涌动的潮汐
种子在泥土下撕开胎衣的声音
如同沉重的暮色中
溢出的一声鸟鸣

渡口

众鸟低飞。赶路的浪花
隐入河流,裸露着肋骨的废渡船
坍塌在河床之上
凋落成一段往事

黄昏从河面升起
身旁的流水丰盈而仓促
一个人站在旧渡口
思绪开始向着流水倾斜

水面倒映出一些往日的情节
生活里的每一寸光阴
漂泊成河里的浪花
再远的下游,也能抵达

芦苇荡

游船穿行在芦苇荡，水边的芦苇
争相把枝叶伸向我们，试图与我们
握手问候，随后又纷纷退回
它们是湿地的信使，在一场
简约的仪式里迎接我们
大片大片的芦苇随意分布在这片水域

每一株都生逢盛世
在大湖的臂弯里骄傲地生长
视野开阔的湖面，烈日的焦躁
被万顷碧波的湖水安抚得心平气静
一大片一大片发奋图强的芦苇挺直腰杆
伫立在浅水里，捋着宽厚繁盛的叶子
仿佛一个怀抱流水的人
为湿地生态献上青春

我们在曲径通幽的芦苇荡里穿行
苇丛中鸟语如琴，飞起的白羽
拉长我们的视线

相机的镜头里,装着湿地生态的主题词
此刻,黄昏和我的身影一同落在水里
泛起的涟漪,照见儿时幸福的模样

深夜,在湿地醒来

醒来时,月亮已瘦成一片苇叶
在湖水一样的天空荡漾
湖水轻微的鼾声
从脚下木栅条的缝隙间浮上来
这条唯一连通陆地的木栈道上
落满稀疏的苇影和月光

此刻,时间是可以浪费的
不用担心尘世的烟火侵扰
月光匀称,隐约听见有水鸟的脚蹼
踏动水面的声响
仿佛一位匠人,在湖面刻字留念

几缕薄云滑过,天更高了
满目清晖可入梦亦可佐酒
脚下湖水的声响适可而止
沉沦的事物开始苏醒
如同,这个被月光丰盈了的夜晚

郊外

合上手中的诗集
斜靠在一株梨树上
阳光开成一朵又一朵梨花
一会儿挂在枝头
一会儿落在脚下
沉默的土地变得富有

惊蛰后的风深不可测
它和世间万物是如此地亲切
岗坡起伏,那些站立
或者坐卧的野花和小草
像极了这个春天数量众多
又各自孤独的我们

水中杉

枝叶过滤掉喧嚣,张望的水草
拨动湖水的心弦
倒影、长篙、微波接踵而至
穿行在浅水处的木筏
载满时光的夙愿

一些暗影被湖水稀释成波光
白云收拢翅膀
低下身姿与我们对话
掠过林梢的鸟声
叩开湖泊澄明的心路

天空蓝而浩远
笔直的水杉把阳光举在头顶
岁月浸润过纵横的根系
站立的身影成为血脉相连的家人
有了惺惺相惜的悲悯

晨曲

早醒的林子里,鸟鸣比晨光
还要稠密,它们多年不变的方言
是一种浸入骨髓的乡音
那些在枝头踱步的鸟儿
优雅的举止,酷似
年少时的邻家女孩

薄薄的外套被晨风拍打着
阳光从树叶间落下来
鸟鸣也落了下来
雀跃的声音里长满春天的萌芽
脚下醒来的泥土蓬松而温暖

溧河洼

黄昏降临，蜿蜒的地平线
把落日一分为二
河流拐弯处的浅滩上
一群白琵鹭在夕晖下
站成一座群雕

偶尔扇动的翅膀
伴随着一两声短促的鸣叫
让脚下古铜色的湖水生动起来
燃烧的天空落在这片水域
一名爱鸟志愿者于火焰中
坐在一只小木船上
镜头里的溧河洼，像是
从久远的年代出土的一卷古籍

暮色不断涂抹着这片滩涂
流水放慢了脚步
几缕柔软的彤云
为这群白琵鹭披上幸福的夕光

注：白琵鹭，国家二级保护动物，洪泽湖湿地主要鸟类之一。喜成群活动，休息时常在水边呈"一"字形散开。

夏收

六月,麦穗纹丝不动
头,低垂着
低到一个季节的最深处
无限接近土壤和尘埃

收割的车轮
碾压过田间地头
一条条深深浅浅的伤痕
纵横交错
直抵内心深处

收割的麦田
在季节的更迭中
有了一丝阵痛。此刻
蹲在田埂上的父亲
在旱烟袋氤氲的吞吐里
丈量着生与死的距离

七月雨巷

雨中的青石板荡起涟漪
细腻的纹理把缠绵的雨
藏在古镇的发髻里

小巷是位终年不语的智者
脸颊上贮满风霜
虚张声势的雷声坠入红尘
闪电在瞬间消失殆尽

檐角的水珠迟疑了很久
还是跌落下来,仿佛一颗心
放不下形单影只的牵挂

与一片青瓷对话

它是那么地平静,残缺得
也恰到好处。它深藏的情绪
折射出刀斧般的光泽
肌肤上年逾古稀的修辞
犹如石化的光阴,从容而坚定

欲言又止的釉色
延缓了时间的衰老
一条斜出的纹线,刺破
一截沉静的时光

古老的瓷片上流水丰盈
像是不曾褪色的落款
落笔处云淡风轻
在屏住呼吸的瞬间
把自己摇醒

退场

秋风已经凉了许多
九月坐进更深的季节里
太阳不疾不徐地走过来
像一个在农忙结束后背手赋闲的人
风不停地打理落叶般散落的旧事
一些被遗忘的细节
潜伏着某种假设

现在是下午六点
落日拽着我的衣襟
有种去远方探险的冲动
黄昏攀上额头
在富有金属质感和弹性的云朵上
打开一种生活的走向

古镇临淮

那些石桥和古渡如同平常的日子
在经年的行走中,把我们容纳其间

前通街后通河的水弄堂
把无数条巷弄珍珠般串在一起
坐在古镇的膝盖上
饮一湾水色,看夕霞缠绵
一些街灯开始承接夕晖
挂在一线天的檐角,与暮色合唱

临淮的美,可以追溯到
古镇第一座石桥
从河水倒影中醒来的那一刻
一叶轻舟驶入你的眼帘
在桥与舟的弧线里
它们身姿不变,经年累月

梨园

光阴是一片活着的云朵
在梨园洁白的头顶盘旋
内心堆满温情

斑驳的往事无数遍在心头
爬起又摁下,一些喧嚣
乘着晚凉隐于黄昏

宽厚的土地
承受住天空的沦陷
每一颗晶莹的星辰上
都缀满透亮的诗句

在尘世

美好的事物似乎与我多年未遇了
比如清晨的露珠
比如夜空里闪烁的繁星……

不记得何时开始用染发剂伪装生活
甚至在某个醒来的清晨,假装
与这陈旧的世界有种初见般的惊喜

很久没有认真读一本书或者写一首诗了
被琐碎围剿的生活
在心头无声地跌撞

黄昏愈来愈近,河流纠缠着落日
总有深夜晚归的人
用赊来的月光慰藉褪色的生活

归巢

落日的喧嚣被归巢的鸟
衔在嘴里,一同隐入树林
无数只鸟雀被装进取景框
欢呼的神情引燃小河里张望的水草
扇动的翅膀
把天空一寸一寸抬高

透过绿色掩映的枝叶
鸟雀落向枝头又一跃而起
忽高忽低地盘旋
或长或短地鸣叫
仿佛在热议心中蓬勃的向往

夜色,在鸟雀的鼾声里回归
月光跨过低矮的院墙
如潮水般涌来
虫鸣从浪尖上漂来
走过的小径上绿色葱茏

坐在田埂上

麻雀土里土气的叫声在季节的肩头跳跃
悠闲的神态饱含岁月的宁静与辽阔
夕阳忽明忽暗的光影
在大地的脸颊上涂抹一层古铜色
迷醉的粮仓蕴藏丰收的喧闹与喜悦

我紧挨着一株稻穗坐在田埂上
以一种虔诚的姿态,融入大地的襟怀
让广阔的胸膛再一次填满乡音
饱满的稻穗注视着大地
如同一个奔赴沙场的战士向母亲作别

坐在田埂上,更多的稻穗聚拢过来
生命的脉络开始纷纷扬扬
凸显出季节的色彩
诠释着一种生命的延续
稻穗低下一寸,大地就抬高一尺

小镇

整个下午,一个人坐在阳台
随意翻过几页的书搁在一边
没有阳光
风在空荡的街头发泄着某种情绪

一些曾经固执的事物开始瓦解
那些椭圆的、狭长的
见过和未见过的落叶
成为我们相同生活中
不同的部分
宽厚慈爱地接纳所有荒凉

薄雪浅覆街道
那些细碎的雪粒
打通最后的关隘
把洁白写进小镇的简历

黄昏退向远方

落日无言,一群
不知名的鸟儿从头顶飞过
旧历中,火红的年味
隔断寒冷,让暖意
在新贴的对联上蔓延
母亲坐在腊月的门槛上张望
浑浊的目光隐入尘烟

落满红纸屑的院子里
很多过往不曾散去
星光在渐浓的暮色中醒来
八十多岁的母亲往灶膛里
不断添加柴火
内心积攒的一整年的温度
成为一种奢念
让归来的人深陷其中

所有的枝条已准备好了花朵

在河滩老宅的旧址旁
许多大大小小的苦楝树
和我一见如故
枝头挂着几枚干瘪的楝树果
一些长着新枝的小树
簇拥在它的周围
像一群聚在爷爷膝下嬉闹的孩童

细碎的小花带着体温
摘下一朵还带有羞怯的青涩
仿佛面对多年前的青梅竹马
风从东方来，万物躬身致敬
伸向天空的枝头有穹宇的辽阔
立春后，季节又换了一茬
世间所有的枝条已准备好了花朵

梦境

时光在落日里下潜
最尖锐的记忆变得松软
像一根从水里拽起的水草
发出湿淋淋的光泽
思绪,如溃堤的洪水
一泻千里

发霉的信念愈渐苍老
紧紧攥在手里的是青春逝去后的无奈
那一半留在昨天,一半还在
挣扎的人生
抠不出,挥不去
深陷尘世中的灵魂
只能在午夜享受梦境的欢乐

纸风筝

记忆落在风中,簇拥成一片
潮湿的云,落满时空的阻隔
在一个孩子的眼里
天空是宽容的,容许沉浮的往事
发芽或者枯萎

你昂首的样子,仿佛
是在和云朵做一场忘年交的倾述
在骨骼发出清亮的回音里
你试图冲破一个已知陋习的束缚
在蓝天的额头留下一枚青涩的吻痕

三月,我孤立在旷野
成为被时间风化的那个人
风筝的背影里栖着飞翔的高度
它们用生命的形式,揭示一个真相
风带走的不是漂泊,就是沉默

雪后

傍晚，雪还在倔强地下着
寒冷乘虚而入
就像我们的一生
无法拒绝年迈
风，切割着村庄
掳走村庄最后一丝体温
零星的一两声犬吠
如同散落的灯火，弱不禁风

雪化的时候黑白分明
大地上残留着喊不出疼的疤痕
记忆一点一点衰老
深夜，残存的积雪越发地闪亮
仿佛是置于大地上一面
破碎的镜子，在北风不断打磨中
映照出村庄的往事

在湿地，与一朵花对视

在湿地，肆意盛开的荷花
和我热辣的眼神不期而遇
让打捞花语的双眸
从蕊的深处出发
在朝阳温暖的吆喝声中
明亮起来

丰盈的表情
盛满昨夜的风
今晨的霜，花朵在
日渐丰盈的季节上伫立
毫无倦容

雨后，花色由冷艳变得热烈
就像我们的生活
从贫乏变得丰富
热烈的红，又仿佛是一支支火焰
点燃整个季节
在岁月波澜壮阔里开得滚烫

一方水土与一朵花

在千百年前相遇

十万朵花把一座城簇拥成

一部跌宕起伏的历史

从此,一座城池有了颜色

味道和形状

入湖口

湖水清澈,弧形臂弯里
水流还在沉睡
早于流水醒来的红头潜鸭
在浅水处结伴觅食,两岸的草木
有种漫不经心的缄默
仿佛午后的云朵

在淮河入湖口,远离源头的水
缓下脚步,沉默寡言的湖面
陡然开朗起来
每一滴蓬勃的流水
带着一种深邃的含蓄
它们不动声色的流动,让我感受到
有种力量值得我去倾听和拥有

夜行

23点35分,晚点50分钟的
K1150次列车缓缓驶入站台
这列步入高龄的绿皮火车
在每一个站点
都要为新特快让路
一次次错过原本属于它的时间

列车,冲破夜的重围
在从未交叉的两点一线之间
日夜奔走
哐当哐当的节奏
一如我此刻的心跳
以此证明自己还活着

凌晨,被自己的心跳惊醒
窗外的事物面目全非
昨天,成为回忆
眼前的一切不断消逝
在稀疏的雨滴声中
听到了光阴的一声叹息

穿过十里荷风

穿过十里荷风,九曲十八弯的回廊
送我抵达荷塘的最深处
荷风微醉,扭动着腰身
一幅浓淡相宜的水墨画
便生动起来,水珠
踩着绿色的琴键
弹奏出雨后的青嫩
含苞的花朵,在晚风的爱抚中
绽放成一支刺向尘世顽疾的利剑
洇红了天际的一抹流云
这一湾肆意生长的荷莲
是大自然赐予人间的一处盆栽
成为故乡的一件精神范畴的艺术品

活着

村头那片刺槐上空
一群麻雀飞起又落下
仿佛冬日里逆风远行的人
透亮的冰棱,滴落着不舍
成为生活的幸存者
命运的锈迹开始剥落

夕阳溅起的碎屑
如同父亲临终前的目光
守着残垣断壁
坍塌的荒草,从路旁伸出手
试图与路过的我
拉一拉家常

一年中的最后一天

一年中的好，或不好
都在这一天画上句号
一些风，侧身
从门缝挤进来
如同一些隐痛侵入身体

雪花带着不舍，落在
城市的另一边
将时光拧慢
在路灯的光柱里若隐若现

入夜，一些隔屏而至的问候
带着花香
让冬日里的这一天
不再那么荒芜

行走水乡

一个个硬朗的方块字
把世俗的短见和陋习丢弃在深水区
蓬勃的心跳,起伏成波浪
在穆墩岛的渔鼓声里
一路向远

太阳说:来,朝前走。
船舵掌握在时间的手里
拍击船舷的水声是催行的鼓角
落在船头的霞光
与跳跃在心头的文字
相拥成一泓清泉流淌

行走,是你永远的诗意
在每一个醒来的清晨
把昨晚虚张声势的梦揣进裤兜
那颗行走远方的心
一半在途中,一半在远方

腊八

先于雪花抵达内心的
是母亲伫立在家门口的身影
我无法计算出她目光的
密度和重量
木质大门上挂起的红灯笼
照着远道而来的雪花
黑夜一再沉默,一朵朵雪花
整齐地在屋檐上排列着
讲述着季节的更迭

城里的柏油路生硬、冰冷
没有老家的黄土地柔软和亲切
硬生生地把人从土地上隔离开
远在他乡,每日在母亲的目光里劳作
双眼盛满了老家村旁的河水
雪,持续不停地飞落
母亲头顶的积雪越来越厚
越来越白。厚得压弯了母亲的身板
白得只剩下兄弟们的不舍

腊月的乡村，雪后初晴的寒冷
击溃了灯火阑珊
夜空的弯月，像母亲收麦时的镰刀
收割着工棚里匆匆收拾行装的身影
这样的场景，只有在乡村和土地上
才能有更辽阔的空间
来盛放游子的相思

白皑皑的大地，一片空寂
午夜时分，黑暗中的母亲坐在床边
她似乎听到村头乡村公路上
传来的车轮声。她知道
有一双坚实的大脚会和明早的太阳
一同出现在她的门口

飞翔

芦苇、菖蒲结伴而生
铺开成湿地的封面
潋滟的水波,如一首婉约的宋词
平平仄仄中一任时光缱绻,心灵相融
引领水波中的水鸟流连在芦苇荡
长成原生态的一幅水墨画

无数只飞鸟吹着口哨
绕着芦苇荡,贴着水面盘旋
它们是这场情景剧的主角
对话、叙述、走场……
在一片空前自由的水域
衔着每一个晨昏在季节里走上一个来回

夕阳把飞鸟的影子投射在水面之上
飞翔的神韵与水波不谋而合
满湖余晖是落日为鸟巢精心缝制的一件霞帔
把家安放在阳光与碧水之上
内心的自由像湖水一样澄澈透明

邻水而居

临湖房子的木质单扇门半开着
水洗过的天空一尘不染
像一个放下执念的人
我们坐在门前
谈起经历过的趣事时
湖面更加开阔了

披着稻草的屋顶
在雨后散发出稻谷的清香
夕阳照着这座湖边的小房子
也照着我们,仿佛人间的爱
全部降临在此处

脚下一群蚂蚁在搬家
忙碌的身影如同年逾不惑的我们
一只白鹭在门旁的芦苇垛上歇脚
它不时转头看向我们
又转向对门的那片蟹塘
成熟的螃蟹比这个秋天还肥

辑二 与黄昏对坐

黄昏推开木门
摇摇晃晃的老宅
在几声新鲜的蝉鸣里
向我招手

针线活

灯下,母亲将针尖
在头发上蹭了蹭
试图用发间的油脂
减轻一点生活的艰涩

年复一年,母亲用针线
缝补岁月的沟沟坎坎
密密麻麻的针脚
是她盘根错节的生活
饱含着柴米油盐的气息

浑浊的双眼
落满岁月的尘埃
我无法计算出
她目光的密度和重量
衣服上的针脚
开始变得摇摇晃晃
就像背负稻谷的母亲
踉跄行走在田埂上

永不褪色的记忆

潮水般的记忆
在洁白的宣纸上洇开
那黑白的画面,以及
简洁的文字
成为一个时代的烙印
一个个耳熟能详的名字
如此亲切,又是
何等遥远
父辈的记忆清晰而真实
在一页一页的翻阅中
思想,从一个高度向
另一个高度挺进

赶路人

风声欲言又止
檐角在落日的光影里
振翅欲飞
匆忙赶路的人
用双脚缝合暮色

内心囤积的记忆
暗藏着比落叶更多的隐痛
站在风口,每一根直立的发梢
成为岁月的骨骼
刺破暗夜的黑

在生活裂开的缝隙里
照进一丝朴素的光

瞬间

天空高远,落叶
在过往的风中打了个
趔趄,在灰褐色的
纹路里互致寒暄

一些生活,被风
卷起,又丢下
一些人与事即便远去
也从未凋谢

公园的长凳上
两片落叶的背影里
藏着他们
结伴来过的瞬间

生活

远行的人,怀揣故土
双眼凝结成一个痼疾
他们知道,无论晴雨
日子依旧继续

落日在惊诧云朵的善变
命运的幸存者
如同枝头熟而未落的柿子
等待秋霜青睐

风雪在每一个路口
布设暗桩,重生的树干
布满生活的繁文缛节
而晚风在此刻顿悟

老屋灰褐色的脸庞
像一件锈迹斑斑的青铜器
长满岁月的苔绿
也藏尽泥土一般谦卑的一生

初见

那时候,我们都还年轻
那时候,我们在空旷的麦场上
一起听蛙鸣成片
一同披着生活的风霜
在翻滚的夕晖里捡拾流年

那一晚,草垛上的天空很矮
那一晚,我们喝了很多酒
躺在老家门前的草垛上
数星星。直到把自己数成
晨曦中的两颗露珠

与黄昏对坐

此时,宜折叠起心事
慢下来的光阴
有了一副矜持的面孔
比任何时候都更加容易亲近

流云滞缓,在头顶不肯离去
已是黄昏,很多事物
模糊了本来面目
远处的天际线若即若离
仿佛随时可以带我回到昨天

我斜靠在渐渐变暗的长椅上
这是多么简单的一天
让所有繁华都成为一种
透亮的人生

抵达

星星和远山已沉沉睡去
大地的胸膛内,虫鸣
在热议过往的流年
蓝色苍穹,是一汪碧泓
安静地藏在夜色深处
门前虚白的小路像一个人的一生
走了一辈子
也走不出头顶的那片天

灯光微黄,在暗夜里
凝聚成剔透的琥珀
映照出尘世的悲喜
思念和门前的树木一样不断拔高
他多想把黑夜捅破
让脚步冲破夜的缚缰
让内心的辽阔与日子
一起柳暗花明

秋风起

云聚叶落,秋风堆积
田野不修边幅,秋深了
蓝天下站立的庄稼
怀着济世的情怀
填满季节的留白处
头顶,纯净的蓝挂满洁白

阳光,忽略所有的细节
缭乱的想法葳蕤成一首小令
在透亮的金黄里安静地开
浅唱低吟的秋风
有时柔和,有时孤单,有时落魄
那些或浓或淡的生活
在豆荚的笑靥里——展开

旧年来信

雪是旧年的来信,在岁末
寄往人间
那些洁白的信笺
轻覆在田野和村庄之上
仿佛一个个闪亮的动词
叩响岁末的门庭和窗内的灯火

一瓣瓣雪花,是串起
一个个日子的诗句
在这个冬天,呈上自己的所有
抵近的脚步里
时间有了温度

一条河

河水在夜色中停滞下来
灯光给水面镀上釉彩
闪烁着光影交错的记忆
船桨拨动水面,小船颠簸着
仿佛漂浮在一个陈旧的梦上

随风传来的一两声笑语
跌落在岸边,声音是绯红的
惊飞岸柳上憩息的两只水鸟
如同打开一扇虚掩的隋唐木门

河水收起积蓄已久的话语
经年在一座小城的身体里穿行
就这样静静地被绿草环拥
用柔波,清洗着
这片土地上残留的涂鸦

雪花

先于季节抵达内心的是昨夜
第一枚雪花,在飘落至工地后
天地变得开阔起来
一个人走在偌大的工地,即便仰望
也无法丈量出曾经踩在脚下的高度

无边的白,包容目所能及的一切
藏在雪花里的思念开始发芽
绿色安全网在编织生活的殷实和期望
铺设的钢筋笼以锤炼的姿态
为远离家乡的人问诊把脉

啄食的麻雀是遗落在白色大地上的标点
它的每一次停顿
都仿佛衔着季节走了一个来回
所经之处,萌发出大地的根芽

冬天的树

空无一叶的枝条
迟钝地探向半空
风不断从它的脊背上吹过
偶尔有一两只不知名的小鸟落下
在它的肩头站成冬日里
几行苍白文字中的逗号

干裂的肌肤
蔓延着不规则的旧时光
这棵比父亲还要年长的刺槐
立于我出生的这个院子里
我不知道它高低不一的肩头
栖落过多少星辰和枯荣

季节更深了，吹过的风透着冰冷
刺槐的每一根枝条都从容镇定
它保持着挺直向上姿势
当我倚靠着它粗糙的躯干时
如同趴在父亲的肩头
倾听他苍老的心跳

落羽

春水清浅,河堤上的垂柳
坐在阳光里,落在
水中的倒影像张开手臂
拥抱着流淌的喧哗
流水始终保持着一种
不断奔跑的姿势
有着一往无前的心

穿红色衣裙的女子漫步在河边
盘在头顶的圆形柳条
带着青枝嫩蕊的微笑。这个春季
汴河水轻轻一漾就泅湿了
整个季节

那个红衣女子走向河流的尽头
夕阳缓慢下来
把她的影子拉得很长
飘落成一枚轻盈的花瓣
像是春天褪下的羽毛

春风,牵着三月走来

春风挑起的事端愈演愈烈
那只饱读唐诗的黄鹂
肆无忌惮地把春衔在了嘴里
招惹着大地上的一切
在林间跳跃,在蓝天临帖
经过一个冬天的酝酿
梦里的花,开了

凌晨,小草拔节的声音
清晰可闻。太阳还未升起
柳芽,乘着晨风在枝条上
荡着秋千
在一条柳枝的摇曳中
一只早起的鸟唤醒了
一颗露珠的梦

树枝张开了耳朵
风,打着呼哨在大地上奔跑
怀揣着一个季节的颜色

在她温暖的掌心里,色彩开始泛滥
像极了一场初恋的开始
在一个季节的拐弯处
叫醒了河流、土地和种子

三月的小城,晨风舔舐着大地
晨曦撩起天空的幕纱
带着淡淡的体温,我们站在晨风中
以一种虔诚的姿势——
迎接朝阳
内心的梦境越来越开阔
透过坚实的信念,握住了春光
也握住了朵朵盛开的桃花

湖水深处

积蓄多年的情话在河水中发酵
被点燃的还有不息的柔波
水面变得明朗起来
朝阳升起,湖水打开了心扉
虚幻的景象落荒而逃

水流之处,是一个完整的世界
许多事物与此相关
黑暗,无法阻止河水的流淌
从远古流传至今的神话
依水而居,如同盛开的心事
在翻旧的岁月里流连

八月,湖水足够强大
把整个天空揽入怀中
带哨的风,打翻浓淡相宜的色彩
在年代久远的条石上打磨光阴
被琐碎羁绊的灵魂
清澈成一湾碧水,内心的澄澈

像白云一样禅化

湖水虚怀若谷
装得下天南地北的游客
蓝布印花头巾裹着方言
有点拗口的原生态
喊一声,就会温暖两岸

流淌的旧时光

母亲在河边洗衣服
岸边的少年捡起石子在河面
打起水漂,泛起的涟漪
像童年的往事,一圈圈荡漾开来

夕阳还在发光
却失去了河面上的辉煌
少年,已变为渐渐消逝的晚霞

河水流淌着土得掉渣的方言
河床上的鹅卵石带着岁月的色泽
当我再一次走进河流
波澜不惊的水面
多像我一贫如洗的人生

湖上

初冬的湖洲上,一些
或佝偻或直立的枯莲
立在水中,无序而孤寂
掩存着干瘪的莲子
塌陷的面容仿佛一双
年迈损蚀的眼睛
让水面柔软的线条变得僵硬

远处的风走得歪歪斜斜
更像是某个季节,支离破碎地
跌落在参差的枯荷间
傍晚时分,天空灰暗而低沉的
心情,被风揉碎成细小的雪花
仿佛是略带倦意的时光
不断起伏又瞬间被抚平

叮嘱

很多略显僵硬的事物
被白雪覆盖着,悄无声息
一棵枯树忍着断裂的疼痛
透过雪花的间隙
把半截搁置的光阴
杵在雪地里

此刻,天空更加贴近地面
那些曾与星星为邻的花朵
慢慢堆积成一句苍白的承诺
远方在渐渐虚化,站在屋檐下
每一片落入手心的雪花
都发出轻声细语的叮嘱

夏日黄昏

七月出生的人,在夏日
敞开的胸怀里窥见万物的思想
父亲黝黑的脊背上涌动着
一股泛着光质的细流
流淌着生活的咸涩

沉默是力量的另一种表达方式
乌云碾压过天空
也碾压生长万物的大地
它与大地之间只隔咫尺之遥
可以清晰听到风的细语
草的呼吸和天空的心跳

一场蓄谋已久的雨,擦肩而过
站在屋檐下,一些纯粹的光
流泻在伸向天空的指尖
撕开阴云的光芒
射线状地直插入地平线
在折返后,浮于村庄上空

田野里归来的人把落日披在身上
散发出古铜色的光
沉默不语的黝黑是一种厚重
匆忙赶路的云朵隐在黄昏深处
用变幻的形态目送旧事
辽阔的天际线上，星星和月亮
正不远万里赶来

待渡亭

我们到达时几近黄昏,踏阶而上
每一步,仿佛都在翻阅一页古籍
山腰的待渡亭神情肃穆
不悲不喜。风雨捶打,霜雪侵蚀
一千多年的时光压在身上
独自承载旷世的孤独

夕照下的廊柱更加接近我们的肤色
它早已放下名利和虚荣
来也不迎,去也不留
无暇听一群远道而来的人
谈论过往。繁华与凋敝
都已隐退

身旁,不断有人低语交谈
他们酷似一群等待渡江的人
槛外流水从容,亭内时间停滞
待渡亭站成一位鹤发苍颜的老者
凝神望着水面,它深信的未来
便是今天温润丰盈的人间

夜的边缘

夕阳退成远景
囤积的记忆在暮色里发芽
新月高过落霞
攀爬上村庄的额头

暮色四合,几只麻雀
在门前的槐树上寒暄
犹如故人
畅叙美好的往事

微黄的灯光传递着某种隐喻
手提星光赶路的人
在夜的边缘,打破
比黑夜更黑的沉寂

小满

阳光刺穿云层
每一根麦芒挂满丰盈的笑靥
那些被节气定格的时秩
翻身坐起,追逐每一个黎明
小满,这个用汗水泡开的词语
颜色渐浓,散发出丰收的气息

风吹麦浪,点头致意的声音
如同粒粒阳光飞扬
一切都从容不迫
沧桑的额头有纵横的沟壑
肥厚的手掌擎起心中的山河岁月
那些和父亲一样来自低处的人
像土地一样躬身而起

秋叶

秋日的风在额头拂过
骨肉分离的枝叶,依依惜别
这样的分离,后会无期
明年的树叶不再与今年相同
正如一个人的昨天和今天

脱离骨骼的叶子在风中回旋
在我俯身捡拾的那一刻
这群身不由己的老者
用尽力气试图和我打声招呼
那发自肺腑的方言让我在一瞬间
感受到一丝入骨的凉意

在季节的年轮下
一些往事蛰伏在落叶里
有悲壮也有柔美,把自己藏进泥土
与万物一同隐姓埋名
夜色开始洇开,一枚金色落叶
把手伸进了我的梦里

回家

落日尚未褪尽
少许的暖意落在我们身上
有了一种回归原始的冲动
我们没有说话
缄默成两枚紧挨着的落叶
隐入黄昏,忘记了时间

深秋的色彩不断延伸
落日紧跟在我们身后
似要在躲避某种喧嚣
风停了,落叶在地上踱步
如同一群回家的人
走得很慢,很慢

守望（一）

铁道旁参差的老树闭口不语
内心的痛只有时间知道
一些掩不住的沧桑因此有了温度

积雪覆盖住落叶的孤寂
汽笛用笨拙的语言
修补被岁月摧伤的枝丫

黝黑粗糙的树干守在铁道两旁
从远处沿着铁轨照射过来的光
拉长了树的影子

也让头顶的星斗黯然失色
沿着光线照来的方向
一颗阴郁的心，有了盎然春意

夜的秘密

凌晨三点,人间空荡
万物置于身外
路灯轻哼着伤感的夜曲
衰老,又略带失意
此刻的街道心生怜悯

生活被一片落叶击中
锈迹斑斑
数不清的落叶,总有一片
藏着你我的前世今生

目光从叶子上掠过
早起的人步行在风中
一双旧鞋子踩疼了黎明

往事

暮色降临，弯曲的新月
露出一丝倦意
空旷的暮色里
被蝉声浣洗过的晚风
起伏成绵延的收割声

父亲早出晚归的田野
依旧丰盈
他把往事埋进心中
在春天长出回忆

挂着拐杖的老屋
斑驳的容颜
摇摇欲坠
一道深过一道的皱纹里
装满了清冷的夜色

村庄

雨后初晴,风
从树叶的缝隙间涌来
抖落几颗清亮如眸的水珠
蟋蟀的清唱成为这片土地上
耳熟能详的方言

落霞牵着老牛从田埂走过
落在犄角上的光阴
在季节的反刍中日渐消瘦
沧桑的哞叫声
在被野草挤瘦的村路尽头
拐了个弯,渐行渐远

一枚落叶饮尽荒凉
炊烟暗恋的晚风
滴落的二胡声里
流淌着乡村的气息

父亲的肩头

在老去的时光里
目光依然鲜亮如初
那种期盼和牵挂,以及
饱经沧桑的容颜
是一幅让人心醉的画卷
定格成父爱的永恒

夕阳温暖的余晖中
晚归的呼唤,伴着炊烟
冉冉升起。年复一年啊
四处捉迷藏的一个脏脸蛋
站在你的肩头
一览世间的无限繁华
如今,在这不曾风干的爱意里
你用尽一生的眷念
看着我每一天的幸福时光

黎明之光

那个穿梭在广场和街角的人
经夜的劳作让黑夜有了心动
背上的星光,正匍匐而来

凌晨三点的街道
呼啸成金戈铁马的声音
她迎着风,挥动着臂膀

像一个横扫千军的英雄
黑夜被翻到最后一页
城市醒了,黎明的光
露出锋芒

半个窗口

在母亲简易彩钢房窗台上
两只麻雀不停昂起头张望
混沌的双目,一遍又一遍
打量着冷硬的板房
它们瘦小的身子
紧贴着窗玻璃,蜷缩成
母亲旧时的老邻居

我站在它们对面
隔着一层玻璃
在落日的光影里
看它们慈祥的神情,仿若
在不停唠着家常
抖动的羽毛
散落成灰色的生活片段

我紧挨着一株禾苗坐下

晨曦拨开朦胧的外衣
温柔的霞光铺展开来
无边的田畴中
盛夏的浓绿一泻千里
凝结在叶子上的露珠
闪烁成一颗颗美丽的诗句
此刻,我紧挨着一株禾苗坐下
以一种虔诚的姿态
融入大地的胸怀

一只鸟飞落在稻穗上
一声声至纯的鸣叫
是从诗句中流淌出来的清香
季风吹过田野
朴实中蕴藏着壮美
一如我们的人生
在时光的沉浮中显露无遗

发现

剥开的橘子像一瓣瓣阳光
落在圆形茶几上
冬阳胜过春宵
它穿过我的身体,从狭窄
到空旷,从喧嚣再到寂静

不远处,干瘦的枝丫指向天空
几只突然飞临的鸟儿
瑟瑟的身体在抱怨西风的猛烈
又像是酩酊大醉的枯叶
摇晃中,隐入尘世的某个拐角

季节的利刃已入侵骨骼内部
独处的人目光漫过炎凉
在不断逝去的人间烟火里
那些被风掏空的部分
更接近生活的真相

回乡

夕阳落在光秃的树枝上
晚霞开始在天边沉浮
黑与白,把世界一分为二
装得下天空的胸怀
没有了一丝杂念
家有多远,梦就有多远

村头老槐树的枝头储满春的汁液
河水张开耳朵,风声近了
季节停下了脚步
拔节的声音宛若老家的方言
每一个声部都跳动着乡愁

水面的涟漪一圈紧挨着一圈
河水的记忆里
充满菖蒲的味道,河面
柔软的水波对往事守口如瓶
初春的村庄有点局促
羞涩的神情

把乡愁默默挂在
低矮的屋檐下

在苍茫的暮色里
村庄点亮万家灯火
行走的心事飘落在
古老的灰瓦上
心头生锈的词语
在鸟声里醒来
惺忪着走过去年走过的小径

年味，萦绕在村庄上空

经过面目全非的村庄
日渐潦草的心思
愈加荒芜，搁浅的思绪
弥漫成炊烟袅袅
斑驳的墙垛在年味的诱惑下
绽开笑容，一如母亲
年迈的脸颊，布满深深浅浅的思念

腊月，在雪花绽放的日子里穿行
在一个村庄与另一个村庄之间
年味比雪花更加浓厚
儿时的记忆在乡音里滋长
那盏深夜里依然亮着的灯光
温暖着归途中的脚步
一只飞越千山的候鸟
匍匐在时光之外，细数着往事
颤栗的歌唱，催开了一地乡愁

老街,渐行渐远的记忆

1.
屋檐上,一行行絮语呢喃的燕子
排成唐诗里的七言绝句
吟唱着一首年迈的童谣
一条青石小巷
被这古老的平仄打磨得
可以照见历史的深处
相伴老去的,还有
跌跌撞撞的童年。此刻
老街,在夕阳的余晖中
如一枚深秋的落叶
渐行渐远

2.
循着落日的光影
轻轻一跃,便跨越了千年
小巷内,古槐的郁郁葱葱
是最好的怀念方式
镶嵌在房檐上的风铃声

早已被流淌的时光
腐蚀得锈迹斑斑
过往的车辆人流
碾压过一尺多高的门槛
轻而易举把曾经的沧桑
塞进历史的尘埃中

3.
行人络绎不绝
喧嚣的闹市中，一扇门
悄然关闭
酒肆，客店，驿站
古道，乡关，野岭
一个个陨落，坠入
一条叫作历史的暗河
河流的尽头，或许
可以捡拾起某些时光的碎片
在翻腾的浪花里
触摸到一丝隐隐的疼痛
醒来之后，在月圆之夜
把一首古老的歌谣
反复吟唱

归途

雪花,裹挟着一缕羸弱的时光
奔跑。没有一刻停息
与钢筋水泥相依为命的日子
没有一丝寒冷
回家的念想温暖着最后一道工序

夜色中,满载方言的火车
驶过无数个站台
透过层层雪花,喘息声清晰可闻
归途中的人们
身披雪花,怀揣春天
为了一个梦,聚集抑或分离

等你

翻开一千多年前的隋唐史册
古汴河从字里行间蜿蜒而出
看见氤氲的水雾中弥漫着的
远古农耕历历
听到亘古的水流与千年隋杨柳
絮语绵绵

在古汴河边,那曾经
不经意的一次邂逅
足以让一颗清净寡欲的心
注满一片湛蓝
晕开满目灿烂

搁浅的思绪随着目光
投向水面
注视这静静流淌的河水
穿越古今
一年一年哺育着这个叫作
淮上江南的人间

亲近一池荷花

十里方圆的荷花挂满晨露
对于我这样一个陌生的闯入者
眼神里有种让人爱怜的羞怯
怀揣初恋,满脸绯红的花朵
在唐朝的诗句里流连
此刻,任何语言都变得苍白
她们正以花开的速度
坐拥夏的万里江山
每一朵荷花,脚踩一池碧水
头顶一片蓝天
在不断上升的霞光中摇曳
一段往事从花与光影的间隙中
跑出来,带我回到从前
一些生锈的往事
被花朵上的蜻蜓反复念叨
无边的绿,开始
在我的心田上开疆拓土

风吹过

每晚收工后我都要穿过
一条长满法桐树的道路回到工棚
躲在枝叶间的路灯
惨淡的光仿佛是我灰头土脸的中年
借着夜色隐藏对生活的
失意和挣扎

凶恶的红灯在每一个路口与我对峙
那架势,似要将我这个外乡人赶出小城
在广场舞劲爆的旋律鼓动下
路边沉睡的虫子也纷纷苏醒
嘶哑的叫声把落魄演绎得淋漓尽致

隔着马路,一群晚自习放学的孩子
欢快的说笑感染了晚风
仿佛是施舍给这个夜晚的闲适与美好
而此刻的我,只想早点回到憩身的工棚
喝二两散酒,然后倒头睡下

雪落无声

村庄在零星的灯火里
摇晃着。雪下得
猝不及防
它们飞舞的身影
仿佛是腊月里归来的孩子
填满村庄空荡荡的胸口

雪越下越厚
村庄越来越小了
窗台上,去年镂花的
脚印愈加清晰
寒冬过后
总有几枚纤细的雪花
扎根在母亲的头上
不肯离去

阳台上的春天

夕阳,穿透玻璃斜落在金边吊兰上
金色的光唤醒角落里的春天
这是一株普通的吊兰
普通得如同房子里的女人

他坚信,那株他亲手栽下的吊兰
是有灵魂的
每片叶子都化作心的寄托
她与那株吊兰的距离刚好容得下
一首词的婉约
他和她相遇在字里行间
让读词的人一张口便心生缠绵

发梢上的思念,纹理清晰
在黄昏的热烈中抵达远方
暮色从窗外聚拢过来
入夜,无法合上的是春风四溢的心情

兄弟

四十年的情兑着五十度的酒
在玻璃杯中碰撞,激荡起酒话
在胸膛内奔腾
仿佛从昨日驰来
沉寂的天空骤然生动起来
干涩的老花眼,有了久违的温热和湿润
把往事一饮而尽吧,在光影里徘徊的
不再是某个人或某个故事

滴落的晚霞硌疼了双眼
心事蜷缩成一团
与牛羊一起放牧的回忆
伴随着村庄上空的炊烟远逝
多年以后,我习惯了坐在落日里
看拉长的影子与时间对话
看黄昏灌醉河流
如同你灌醉了我

低头赶路的人

一条潜藏的溪水静静淌过
和它并肩而行时
我有了和溪流一样的心境
平缓、坦然、无争
仿佛一个低头赶路的人
避开前方所有的坚硬之物
一些枯叶杂草落在水面
溪流毫不嗔怒
只在不停地流淌中,回应
大海的呼唤

途中

清晨,睁开双眼
光线透过车窗落在 K152 车厢内
火车正穿过一片平原
从一个黎明到另一个黎明
不需要张开双臂就能飞越无边的稻田
天空张开眼睑露出霞光
随意变幻的云影
犹如在为一首诗奠基

这列上海始发的列车
在晨光里向着中原腹地奔去
俯瞰或者仰望都是无垠
枕木下,无数碎石子
碰撞出传统抒情的火种
每一根枕木都从体内发出低鸣
铁轨一寸一寸展开
我的眼睛有了和铁轨相同的长度

独坐

这里有和我一样的寄居者
黑暗从四周压过来

粗重的喘息声掩盖住伤痕
大片大片的景观灯重温起旧梦
我偏爱的星星,躲匿在黑暗深处
风不大不小地吹着

适合一个人独坐
可以什么都想,也可以什么都不想
偶尔亮起的手机
微弱的光像极了这个城市中的我

午夜,所有的灯灭了
黑暗更深了一层

一个人的中秋

整个下午,母亲
接完在外地打工子女的电话
就一直在打扫院子
整洁的庭院显得愈加空旷

入夜,一缕月光溜进院子
专注的神情
仿佛是那双离家多年的眼睛
凝视着这个熟悉的小院

母亲抬起头
与高处的月光对视了一下
月光掠过之处
温暖的碎片散落到哪里
思念,就跟到哪里

月光越来越亮了
母亲走到院子中央
她想让更多的月光照在身上
让那漂泊的目光
可以找到一个温暖的落脚点

一只小鸟沿小径走来

它飞离枝头,在我前方的
不远处,走走停停
它的每一次蹦跳
总能和我
保持着互不惊扰的距离
我们脚下铺满橘红色的宁静
而它灰褐色的羽翼
在这宁静里
愈加显得毫不起眼

晚风不疾不徐
一些落叶腐化成小径的肌肤
那是生活中沉默的部分
迷离的光影里
那只隐怯的身形
像一枚生锈的纽扣
在微暗的小径上
悄无声息地,扣紧季节的领口

冬日里的父亲

这个冬季,在老家墙根下
父亲羸弱的身躯弯得
可以触到地面
像极了一根弯曲的枯枝
承受不住一朵雪花的重量
清脆的骨折声
在雪夜异常响亮

这个冬季,无数朵雪花
鲁莽地闯入他的生活
堆积在父亲的肩头
吸食着他的体温
直到融化成一条水迹
融进父亲的血液

秋天的缺席者

摇下车窗,伸手触摸
窗外的秋凉
秋色在指尖上起伏
此刻,阳光是轻柔的
天空呈现出一种
纯净透明的蓝

在秋天到来的时候
命运并没有垂怜步入中年的季节
路过的风不断和万物耳语
它们交谈的秘密
填满我与村庄之间的空隙

这个秋天,我尝试用不同方式
向曾经被我冒犯过的万物
道歉,包括沉默的庄稼
和匍匐在脚下的土地

冬至

雪花在黄昏时
飘落下来,炊烟起身相迎
在村庄和河流之间
风纠缠着被寒冷冻僵的往事
万物在一场大雪中
安静下来

一只鸟站在枯枝上歇脚
静立成一个褐色的逗号
那些匍匐在大地上的雪
堆积成一个又一个
照亮生活的词语
让这个村庄有了逆境中的蓬勃

辑三 举在头顶的村庄

被寒风脱光叶子的老树
骨骼一样的枝干上
挂着一只残缺的鸟窝
仿佛一个人
高举着自己年迈的村庄

举在头顶的村庄

风停下来的时候,把安静
也带给了这片树林
那些轻柔的长满锈色的落叶
成为心怀天涯的词语
让这个深秋有了更原始的辽阔

我走向那片树林,不断
重复着一枚落叶的经历
那些挣扎翻滚
失去青春的树叶
相拥成一群惜别的兄弟

被寒风脱光叶子的老树
骨骼一样的枝干上
挂着一只残缺的鸟窝
仿佛一个人
高举着自己年迈的村庄

路遇一只麻雀

我遇见过一只麻雀
在街道拐角的墙根处
在我们对视的瞬间
它骤然止住啼叫
扑棱着翅膀
似要离开这片灰色地带

它挣扎的模样分明是在
拒绝我的靠近
一只翅膀耷拉着
另一只,在不停扇动
努力支撑起瘦小的身体
反复飞离地面
又一次次摔落下来

在我捧起它,放在
一株枝叶繁茂的景观树上后
那双迷茫的眼睛望着我
像一个没了脾气的人

古徐阁

如果可以,请允许我拾阶而上
在你的肩头,感受凌云般的高度
此刻,我无法走进你的内心
更无法透过欲飞的檐角
猜测一段厚重的历史
汴水淙淙,烟霞氤氲

雨后初晴的微光里
巍峨的身躯浸润着初春之色
古徐阁,从另一个时空走来
仰望,我们一起目送流年
远去的晨钟,踩痛了一段
尘封的记忆
目光掠过岁月的门槛
迎着春日的朝阳,晾晒往事

高过头顶的乡愁

花瓣与鸣鸟对视时
枝头储满了阳光的笑靥
几枚花瓣簇拥着聚在一起私语
我知道,她们一定是在说起
落满露珠的清晨
和一夜没合眼的心事

原始的广袤在体内积聚
有形和无形的力量
葳蕤成岁月的辽阔
用沉默把自己藏在 24 节气之中
从一句农谚里读懂季节的背影
沉醉的少女在梦境中醒来
她把黎明梳进浓密的发辫
发梢上的霞光开始在心田闪烁
温暖的词汇在大地上生根
把方言织成一面旗帜
内心不再荒芜

日子火热得像一坛浓烈的酒
一个被季风和阳光亲吻的村庄
爱,在流动的光芒中传承
泥土一道深过一道的缝隙里
高过头顶的乡愁,如同遍野的庄稼
涌动着一股颗粒归仓的力量

一盏油灯

他给我们讲起一盏油灯时
目光好似被点亮的灯芯
一些生活被照亮
一些人和事从光影里走出
这秘密源于许多年前的一艘渔船

时间竖起耳朵倾听湖风私语
那些在小渔村奔走的步伐从未停歇
他们踮起脚尖,在油灯的光照里
穆墩岛拔节的声响宛若潮音
这里的人们有着湖海般的胸怀

夏日的斜影里,惊起的几只白鹭
在空中滑翔。湖面宛若澄镜
安详中透着内敛和奢华
傍晚的湖面,乱云目送流水
和落霞相拥不舍的流水
在穆墩岛前频频回头

夏日的渔村,躺在洪泽湖的臂弯里
仿佛是一颗青涩的莲子
形体丰满,容颜清丽
一句温暖的渔家方言
就能打捞起一段零星往事

沿着流水方向行走的渔家人
扎根在洪泽湖畔
他们挑土、填塘,他们采摘阳光
在旧时荒滩上种下春天
一些闪亮的词语,正破土而出

泗州古城

顺流而下的方言在泗州古渡上岸
一首民谣在苍茫的辽阔里流淌
穿城而过的古汴河,奔腾的身影
壮大了古城收割的镰声
阳光那么纯粹,青石路面的悠长巷子里
我们踩着烟火走了无数个来回

老街是一个着青衣执画笔的女子
在碎步中踱出一幅淮上江南
光滑的青石板打着哑谜
凹下或凸起的路面起伏成一首绝句
左脚是平,右脚是仄
在古泗州,我们彼此忘记了寒暄
抚琴姑娘的指尖上
一条大河奔涌而出

我和落日一同坐在街角
灰色砖墙换上了另一副表情
阳光抚摸着街道

仿佛在和我们说起
这条千年古街的肩头
栖落过多少繁华和迟暮
又擎起多少古往今来的序与跋

乡村帖（三首）

乡村幼儿园

一踏入这片草地，时光
仿佛一下子年轻了许多
晨风，在草尖上吹奏起清亮的音符
不远处，一双双欢快的小脚
踩醒了一个个童年的梦

天空下，比云朵更柔软的
是老师的微笑
在内心深处，一张张稚嫩的小脸
像小草一样健康旺盛
围拢在一起的身影
盛开成一朵向远方传递芬芳的花朵

沿着地平线铺展开来的阳光
温暖、亲切，仿佛在和远处的飞鸟
谈论着成长的快乐
身旁，无数棵小草欢呼着奋力举向天空
正以燎原的心，领舞整个春天

乡村田间

小草踮起脚尖仰望,把向往
托付给蓝天,用毕生的坚韧迎接
一个又一个闪亮的日出
扎根在乡村的人,天生一副大地的脊梁
敞开的胸膛,燃烧着肝胆相照的火焰

在田间水泥路上,我遇见了年轻的村支书
他有着和父辈一样普普通通的黝黑
像极了一粒熟透的草籽,植根在田野
芽儿,勃发在种田人的心头
我紧握住那双大手时
有种泥土的淳朴和厚度

熠熠闪光的党徽,照完
民情档案里的一行行数字
仿佛田里种下的经济作物
长势喜人,他的眉宇间
藏着一幅新农村发展的蓝图

美好乡村建设在土地里拔节
正如同一个心存万象的人
铆足了劲昂头迎接阳光的抚慰

乡村敬老院

四月,黎明推开窗户
温柔的目光投向更远的远方
在这里,透明的笑脸
如萌动的草木,散发青春气息

温暖的话语激荡起心中的情愫
沉寂的心骤然开朗。在敬老院
看不到对立的猜忌与愤恨
一些人痴迷琴棋书画
一些人爱上有氧运动
更多的人踩着自己的笑声
倾听流淌在光影里的回忆

希望的环形跑道上,健康被重新定义
再也听不到被病魔扼住的喘息
春风诉说起敬老和康复的故事
故事里,尽是阳光和种子——
医者和被医者的身影
聆听中,身体里的血液似要发出雷鸣

沧桑的皱纹不再深埋年迈的孤独
摇椅上的老人哼着京腔京韵
他们习惯了坐在落日里
看拉长的影子与时空对白
看到自己的晚年,比阳光更加明媚

春风,是抵达灵魂深处的潮汐
在敬老院,阳光开始发芽
更多的春讯正不断赶来
比白云更白的玉兰花,裹住芬芳
让人间春色,又添了几分

夜归

头顶上，高压线嘶哑的呻吟
比一袋水泥还重
呼吸似乎在喉咙冻结
工业园区的路灯劳累过度
萎靡的光
仿佛他的中年，装满
加班、讨薪、失业……

推开工棚的简易木门
一直醒着的夜
瘫倒在木质硬板床上

我的村庄

不知道它有多少岁了
它将毕生置于此地
迎送每一列经过身旁的火车
沉淀成一张旧底片
透过时光能够看到昨天

村庄不大,二十几户人家
房屋很矮
却高过身旁的铁轨
每一个日子坚韧得如铁轨下的枕木
扛起生活的风霜

它的坚定和淡然
即使面对呼啸疾驰的火车也不动声色
它不断收获一车又一车的黎明
而那些过往在日出日落中化作泥土
生长出雨露和鸟鸣

元宵夜

天空高远,高过仰望的目光
明月低垂,低于齐眉的花灯
春天的第一轮圆月,在今夜
俯视被岁月易容过的生活

灯火闪耀的城市是另一个星空
无数盏花灯在光影里转动
亮闪闪的光线
像是一些梦想在追逐

美好的事物不动声色地铺展开来
我用双眼收藏这个透亮的夜晚
不需要太多的修辞来装饰
在拾获的喧嚣中
我确信,生活从未停止过

父亲的麦田

六月的麦田已经由青转黄
当你俯下身来
仿佛能够听到麦穗的交谈
和大地的心跳
岁月的刀锋,年复一年
收割着父亲的神话
金色的麦浪里
分明听见了大地分娩后的喜悦

古老而年轻的土地
是父亲永远的牵挂
四处流淌的麦香让人无法慵懒
无法舍弃
在一片麦田和另一片麦田之间
丰收的剧情正被一点点推向高潮
一股征服土地的力量
从父亲的胸腔涌出

老年卡

一盏盏路灯,高挑、明亮
住进康居村的母亲
再也不用每晚摸黑走路
陪伴了多年的手电筒孤独地躺在抽屉里

母亲的眼里,农村一天一个样
昨天发放土地补贴款
今天领到了养老金
明天又可以免费体检

社保、医疗、养老、补贴……
不断更新的惠民政策在这片
黄土地上扎根
母亲七十岁的人生
被兜里揣着的老年卡激活
坐公交,逛公园,看景点……
多彩的晚年生活
像一盏盏路灯照亮乡村的夜空

牵着故乡的手

阡陌的虫鸣在夏夜里悠扬
岁月消失在目所能及的远方
那湾童年的小河 依旧潺潺
流淌着儿时的童趣与苦涩
多少个日出日落
流经故乡破旧的家门
奔走在田野中
灌注进父辈们早出晚归的田园

传说如弯曲的树干
缠绕着古老的村庄
夏夜里轻轻吟唱的
是父辈们汗水浸润的坚守
还有那青青石板路上
依然响彻着的浓浓乡音

身披阳光的人

不远处的工地在烈日下积蓄力量
拔节如春笋。一种坚守
和混凝土一起浇筑成挺拔的高度
脚手架上,身披阳光的人
练就一身凌空微步的绝活
在百米高空为这个城市增色添彩

黝黑的肌肤和精瘦的身体
扛起生活的水泥砂浆
这一生,都在和钢筋、水泥、砂石
这些坚硬的物质为伍
用朴实的配方、微咸的汗渍和方言
把一座城市一寸一寸抬高

在工地,借摇摆的吊臂极目远眺
头顶离天空更近了
白云触手可及
这么多年,他们如同一粒粒砂石
散落在城市的角落

从一个工地赶到另一个工地
毕生的光阴都在为城市重塑筋骨

心灯（二）

冬日的寒风硌疼了我的记忆
在胸腔内叮咚作响
父亲的棺椁前
那只用半碗豆油
一根棉绳拧成的长明灯
发出微弱的光
像是父亲不愿闭上的双眼
在母亲的哭泣声中
忽明忽暗

粗布鞋

浑浊的眼睛被一根
长线牵引
密密麻麻的针脚,是母亲
盘根错节的生活

这个冬天,母亲
把她的漫长的一生
纳入一双粗布鞋中
让父亲在一次又一次的逆境中
走完坚实的一生

清明

一年中,只有清明
才能陪父亲一次
这一天,我用双手给父亲的坟茔
添上新土,用双手擦拭墓碑
给父亲倒上他生前喜欢的老酒
我忽然感到与父亲
从未有过如此的亲近
在他活着时,很多心里话
从没有向他诉说,更是难为情地
去牵一下他的手
现在,我可以随意坐在他的身旁
隔着一块墓碑的距离
为他做一些他生前未曾做过的事

和一只燕子同命相怜

已不止一次在梦中重逢
幸福,总是贯穿整个梦境
如日出日落一样真实
相隔不远的村庄,一片萧瑟
我踉跄行走在断壁残垣间
无助,迷茫

离我很近的地方,一只燕子
执着地寻找去年的那间土坯屋
以及房梁上曾经小小的巢
它叽叽喳喳的叫声
像一把锋利的刀子,切割着我

许多年后,落日的余晖
见证了我如何离去
可我的少年却如燕子般
一直在那里流连

悦来寺

来到这里,我的世俗之心
低若一粒尘埃
在这南朝的寺院里
众生云集,你仅用一个小小手势
就把人群揽入胸怀

山门徐徐打开,梵音
将一座寺院高高置于云层之上
杂念开始一点点随风虚化
用佛心打磨思想
就找到了做人的根

岁末,众人仰望寺钟
徐缓通透的钟声,深入骨髓
足以净化众生的灵魂
化为一尊世人膜拜的佛
静立于尘世一隅
用佛心的慈悲与安宁
把众生雕刻成渡人渡己的轻舟

小镇春天

被雨声滴长的绿恣意涌动
日渐丰盈的小镇与春风私语
花香是它的体味,鸟鸣是它的心语
翠绿是它的容颜,淳朴是它的性格
那些枝叶花果,虫鸣蛙鼓
是通往小镇的入口

小镇,从雨水亲吻后的大地上醒来
像一本线装书,水墨的封面
被岁月翻动着露出古朴的光泽
一钩一画,一横一竖,把脱贫奔小康的信念
描绘得清晰又坚实

在苏北平原,时间挥动一根魔术棒
在不断地改变着一切,这种改变
如春雨,润物无声,如春风,拂醒万物
八零后打工返乡的"土专家"
九零后学成归来的"田秀才"
以躬耕的身姿拥抱这片祖辈挚爱的土地

他们正用知识的力量,建设美丽乡村

保留承包权,转让使用权的土地流转
让更多的土地活了起来
一场春雨,地里的庄稼越长越高
那势头,仿佛一夜之间踩过贫穷
把农户的希望高高举起,散发芬芳的味道

农家乐

笑容,像阳光一样在脸上跳跃
每一句苏北方言
都饱含着土地的朴实与敦厚
这里的阳光没有杂质,风没有异味
S49 和 S235 是两根银线
串联起散落在苏北平原上的村庄

梨花点燃田园诗意,桃林奏响粉色乐章
百亩荷塘的清韵里溢满新农村的霞光
乡村的生活就像洪泽湖湿地的马拉松赛事
奔跑在脱贫致富的小康路上

农业观光,水果采摘,生态休闲……
九亿颗怀揣火焰的种子藏身泥土
是一种无形的力量,古老的土地
被一双双朴实有力的大手
紧紧握在一起,再一次以大地主人的身份
播种诗意和芬芳的未来

放学路上

路旁,小草冒出嫩芽
倔强地迎着风,努力
用内心的绿一点一点找回
属于自己的土地

村庄里,几个放学回家的孩子
叽叽喳喳,青葱的背影跳跃在乡村柏油路上
迸发出的童真,具有前所未有的质感

妮子连比带划
说着乘坐高铁的新奇
凤儿描绘着第一次坐飞机的紧张
而东东更是把过山车的刺激
说得有鼻子有眼

远方,不再遥远
父母的爱不再是飘忽的云
阳光和笑脸,在春日的午后盛开
所有的梦都触手可及

在暖暖的春阳里,一个崭新的村庄
被孩子们的笑声点亮

守望（二）

稀疏的鸟鸣伴着晨露
与时光的碎片一同
散落在黎明。昨夜的梦魇
扰乱了心头的平静
内心最温柔的部分暴露无遗
沉甸甸的思念悄无声息地
盛开在枝头
阳光下发疯般滋长
我们用世俗的方式相爱
梦与现实的落差，以及
缠绕其上的心，一同
跌落在萍水相逢的空间
只留下天空中闪烁的星星
守望在你的窗前

一粒阳光

村庄,徜徉在秋的
辽阔里。收获着喜悦
在季节的深处
一株玉米
褪尽青春的青涩
显露出阳光一般的
成熟与灿烂
农家小院里
一粒玉米,就是
母亲心中的
一个太阳

我把故乡失落在春天里

春天之外,往事
点点如柳芽,日渐疯长
断壁间的虫鸣
打捞起日渐苍老的岁月
关于故乡的记忆
缠绕在弯曲的枝条上
傍晚的炊烟
像一根长长的线
将故乡牢牢系在
我的心壁之上

年味

鞭炮声里,筷子夹起
家乡的味道
在不足 20 平方米的工棚里
蔓延
把乡音倒满酒杯
兑着电话那头
母亲的叮咛
一饮而尽

墙角的犁铧

老屋拆迁时发现那张挂在
墙角的犁铧
昔日青春锃亮的面庞
已布满深深浅浅的老年斑
与葱茏的田野相惜相望

清闲，已不再是一种享受
原本坚实硬朗的身板
在失去土地后，日渐苍老
曾经走遍大地的脚步
凋落在岁月的尽头

草木青青

一株小草的心跳
唤醒了大地
扎根就是生命
俯视的人,生出敬畏之心
那些遍野不绝之物
一次次枯败,又一年年重生

一场夜雨后
春天越来越近了
从惊蛰,到清明
突然闻到氤氲的草香
灿烂的笑靥和一尘不染的绿
从容生长,不卑不亢

春耕

犁铧亲吻过的土地
舞动轻盈的腰肢
错落成一个季节的模样
把梦种在天地之间
心思,便开始蠢蠢欲动

雪,一点一点褪去
把大地一寸一寸还给村庄
过往,变得无关紧要
黄土下,万物竞相醒来
一朵梨花不小心吐露出春的秘密

躬耕的身影拉近了
天空与大地的距离
手握三月春风的人们
打破旷野的沉寂,用鞭哨
叫醒了整个冬季的时光

送煤气罐的男人

在小区的楼梯口看到他时
他距离我有十米左右,除了
落满星辰的迷彩服,揣满衣兜的沧桑
他有着和我相仿的个头与年龄
他和我同是各自家庭的顶梁柱

从二十五岁到六十五岁,一双儿女
先后被他从小学扛到大学
又把常年重病卧床的老父亲
扛进巴掌大的坟茔

装满液化气的钢瓶
在他的肩头晃动,左右着他的身子
每登上一级台阶,他便吐出一口粗气
抖动的双腿,让我
想起秋风里的落叶

包装女工

白色工作服裹不住青春靓丽
长长的生产线流不完
激情和汗水
娴熟的动作,专注的神情
诠释着匠心的执着和坚守

汗珠在面颊上欢呼
一道道工序咬疼了柔嫩的手指
定格成生活的艰辛
忙碌,攻陷生活的每一个角落

这里不再是单调乏味的生产车间
消极开始萎缩,胆怯落荒而逃
一群斑斓的彩蝶
在生产线上舞动
内心萌生出的梦想
远远高过头顶的阳光

烤山芋的老人

弯曲的背,是一个
年老体弱的问号
写满对生活的艰涩
炉膛里燃烧的晚年
在寒风中萧瑟

大雪,纷纷扬扬
闪亮的白
扎根在他的头顶
似乎每一根
都是一朵雪花的化石
在经年累月中
缄口不语

再听一听母亲的唠叨

今夜,月光下的心思
愈加荒芜,搁浅的思绪
弥漫成氤氲月色
斑驳的墙垛在月光的诱惑下
绽开笑容,墙根下
蟋蟀的吟唱
一如母亲多年的唠叨
亲切而遥远
沧桑中布满深深浅浅的惦念
今夜,圆圆的明月
像一枚熟透的相思,此刻
多想伏在母亲的膝上
再听一听母亲的唠叨

露从今夜白

露水一夜缠绵,枯黄的草叶
落满夜的心事
风卷来秋寒
刺槐的落叶踏上旅程
古镇苍老的面容
习惯把往事藏在杯中
温暖着途经的河流

门前的石狮子没有因寒潮
抱怨生计
无数的事物在光影背后
安静而祥和地流过
阳光开始发芽
生动的舞姿醉倒整个季节

父亲

断断续续的咳嗽声
令沉寂的夜局促不安
剧烈的节奏
憋红了黎明前的流云
躬耕的身影和翻耕泥土的铁犁
在这个清晨深深扎进泥土

父亲教会我套牛耕地的那一年
他丢下母亲和三个子女
走了。那一年
整整干旱了一个春季
田里，寸草不生

起风了

从湖面吹来的风,水一样
澄澈透明,它是
一种古老的抒情
焦黄的芦苇,苍老的莲蓬
是穿行在生命之途的序章

季节被秋虫一声一声叫凉了
往来的风揭开一段隐秘的繁芜
在吹拂中剥去青涩
留有时光踩过的足音

一株秆茎微驼的莲蓬
从水里打捞出自己的倒影
那是它生命的一部分
在深秋的某个清晨,深深浅浅地
望见一闪而过的青春

夜读

习惯了在深夜读自己写的诗
一首诗越读越短
夜被读得越来越长
删掉的部分有繁枝缛节
也有对生活的执念
面对倦怠和不安的汉字
写了再删，删了又写

陌生化的长短句每增加一行
孤独就更深一层
所幸的是，古老的汉字
从缄默的笔画里发出新芽
这么多年，每写完一首诗
仿佛咬牙把生活又过了一遍

地铁

一年又一年的奔跑中
你是我日行千里的坐骑
远去的脊背上
落满我曾经的青春年少

日子,一直独来独往
放牧岁月的人,鞭长莫及
只能任由时光流浪
长长的嘶鸣击中我的要害
让我在每个黄昏来临之前
落荒而逃

今夜，掬一捧月光

在一个人的暮色里
我把所有的心事交给晚风
把内心掏空
交给在每个深夜窥探我的月亮
那眼神，像极了某个人的纤手
滑过我脸颊的瞬间

马尾辫荡漾在脆生生的童谣里
麦场上过家家的欢笑声
忽浓忽淡，如月光般洇开
疯长成一个素颜的童话
瓦片里的野草莓是你我的珍馐
在辽阔的岁月里
那些定格成往事的光阴
是否能够回到起点

此刻，心事在风的诱惑下
直溜溜地奔向一个鲜明的身影
记忆开始变得潮湿

不断从一幅肖像中溢出
我相信,坐在异乡草坪上的你
一定能看见那轮挂在我心空里的明月

雕窗

窗棂上漏出的雕花
刻着它的身世
镂花的图案淡泊成一种宁静
面对世人
把自己缓缓打开

一只猫,趴在
门前的石墩上,目光
比挂在门前的景点介绍更真实
榫卯结构的木质岁月
袒露出微小之处的锦绣

这座置身闹市的宅院
仿佛一叶舟楫
荡漾在匆忙而孤独的
行人的脚步中
成为读懂生活的智者

千禧塔

这个初夏,雨季来得略早
在塔的顶层
透过雨线可以看到
青石塔基和槛外流动的水
梅雨季的塔是一件乐器
雨,在穹顶弹奏
一些无法言说的情致缓缓铺开

时间停留在半开的窗上
而此时,只有疏雨
如一行行行草脉络分明
雨中的千禧塔,像一枚
小篆体的印章
压在一张旧宣纸的落款上

水岸周冲

车轮惊醒的露珠还在草尖上打着瞌睡
白墙灰瓦的院落在一片葱郁中醒来
微凉的晨风中有暖暖的阳光流动
随处可见的城市元素,被涂上乡村的绿

四月,敞开的胸襟可以容纳日月
晨风、雨露以及任性的春
比田野更加郁郁葱葱的是那颗求变的心
一棵棵梨树向着阳光挥手
返青的心思,一夜之间挂满枝头

过往的风,迈入季节的门槛
沉醉在鸟鸣和农谚深处
翻开村庄的扉页
早行的脚印
盛满汗水和坚韧,在朝阳的霞光里
和一粒种子促膝长谈
讨论着成长的热烈

呓语

夕阳的余晖落在脚边

把浓淡相宜的秋色倒进高脚杯中

沐浴晨风雨露的灵气

一瓶盛装整个秋天的红酒

成熟而凝重

一杯酒可以沉醉一个黄昏

可以温暖整个季节

杯中装满轻狂的年少，以及

人生无法摆脱的苦与痛

一滴隔夜的泪珠

不小心跌落在层层叠叠的褶皱里

越来越局促的时间聚拢过来

我的幸福开始浓缩成一杯红酒的模样

抿紧的嘴唇，溢满霞光

土地

夕阳,心不在焉地躺在地平线上
凌乱的光影散落在四周

走过愈来愈瘦弱的农田
一堆堆垃圾像人类的骸骨
在落日的血色中呻吟

几株枯黄的庄稼夹在荒草中
无助的神情
如父亲化疗时痛苦的脸庞

窗外

目光用力撑开雨雾
雨水顺着檐角流淌下来
时光,从指缝间逃离
年久失修的老屋发出阵阵叹息

这个雨季诱发了太多霉变的心事
木格的窗棂外,无数颗雨滴
在天地间来来回回
让我想起那些为了生活
远离家乡的人

父亲的春天

搬到县城里的父亲
一直唠叨
他的身体里流淌着乡村的河流
有田地里遗落的种子
大年初二,薄雾依稀散去
马路上零星的积雪
融化成结在父亲心头的伤疤

窗外,小区里虚白的小径
像一条新犁耙过的田垄
在父亲的心中种满生机
春风浩荡,阳光通透
父亲如土地一样坚实的脸上
有了河流苏醒和种子发芽的萌动
瘦弱的身躯如同
泥土里弯曲的根须,舒展开来

上塘古井

井沿上,不善言辞的青石
胸前挂满深浅不一的勒痕
古井的内部有一种
从未被涉猎的神秘

人们从它的体内
汲取生活的甘甜
从古井深处长出来的时光
雕刻着古井,也腐蚀着它
当我靠近时,它深邃的井口
像一个故人望着我

井壁上衍生的青苔
比我们更懂古井的想法
那个赤脚光膀子少年
取水的样子从时光里走了出来

洪泽湖渔鼓

鼓点背负着沧桑，水花一样
拍打着船舷
把湖面敲击得宽广深沉
每一声都是一次穿越
把世间激荡得潮起潮落

夕阳悬挂在水天交接处
此刻的湖水比我们更接近天空
它流过祖先的凝望
在渔鼓的节奏和起伏的浪花里
一遍遍祈福
信使未到的地方，鼓声到了

它从国家非遗名录里走出来
湖风卷起舞者的裙摆
古老的嚷神咒，念佛记……
植根在充满水韵的方言里
长出满眼新枝

魏营古桥

仿佛是一截被搁置久远的断章
被风霜雪雨侵蚀的
骨肉经脉里,野草捧出新绿
像时间的种子生根发芽

低矮的桥墩是一个不完整的朝代
桥下浅可见底的细流
淙淙水声,掩盖了一个
盛世的荒芜
低声部的吟唱略带忧伤

古桥终年追寻自己落在水中的倒影
身上的脚印堆积成时光深处的斑点
这个黄昏,我又一次走在桥上
一些景象隐匿于孤寂的水洼
而我如同在靠近一个虚有之物

浮山堰

一截堰坝的叙事,很长
长过一个朝代的兴衰
伫立河岸的人们
呈现出仰视的姿态
众多的水,正埋头匆忙赶路
河水涨高一尺,堰坝便低矮一尺
坦然自若的神情
让我看见一副与世无争的样子

杂草丛生的胸膛里,遗落的历史
越走越远。隐没的身骨
长出皱纹和苔藓
低眉颔首的浮山堰坐在淮河岸边
流水绕膝而过
我站在这片隆起的土岭上
看身后飞逝的浪花
如同一个王朝的叹息

辑四

像河流一样活着

从上游赶来的浪花
像一种回忆覆盖着河面
晚风把河水吹得冰凉
如同这人世,又轻又薄

院子里的石榴熟了

院门上挂着的旧锁
长出一层锈迹
仿佛是披着一身光阴的人
守着旧宅。我们相互凝视
像是一种安慰

钥匙早已被母亲遗忘在
某个角落,那是
多年前就已远离的一种生活
父亲走后
庭院里的石榴熟了

沉默多年的伤口兀自醒着
打开院门的那个夜晚
靠在父亲栽下的石榴树下
依稀听到父亲轻缓的鼾声

旧杯子

秋虫在忙于搬运夜色
落在河面的星辰
稀释了河流的暗影
一个房间亮着灯
另一个房间，沉默不语
仿佛置身事外

一些事物还没有醒来
那个亮着灯的房间里
一只曾经用过的旧杯子
装着过往
杯口溢出的枝蔓，挂满
生活隐蔽的细节

像河流一样活着

每次经过家乡的瑶河
总会想起那个渡河的少年
河水在傍晚时分开始安静下来
少年挥动的双臂
撑开河面的辽阔

从上游赶来的浪花
像一种回忆覆盖着河面
晚风把河水吹得冰凉
如同这人世,又轻又薄

河流经过的村庄,装满了鸟鸣
河水带着生活中依稀可见的命运
温柔地包裹着少年
一朵顺流而下的浪花撞上河岸
消逝的那一瞬仿佛是他的微笑

大湖入城

百里湖湾枕在小城的肩头
行走的浪花高于水面,低于城市的
古往今来。万物敬畏阳光
唯有流水不分贵贱
它们飞奔的身影不为富贵仰视
不为贫穷低首

小城撇不开与水的藕断丝连
敞开心胸,每一滴水
都灿烂成挂在百里湖湾胸前的彩虹
天边不再矜持的晚霞
旁若无人地喧闹着
落在水面上的光,闪烁其词

少年

湖边的水草,是一群渔家少年
有一身娴熟的水性和柔韧的筋骨
入夏,水声雀跃
少年眼中的世界长成盛夏的葱郁
每一滴水亲吻着少年的肌肤
跟着流水,找寻生活隐藏的部分

傍晚,火烧云落在河中
披在少年赤膊的身上,那些
粗粝和莽撞的词语也变得柔软起来
仿佛半开的花朵,青涩而羞怯
他相信,在来年夏日
一定能收到这些流水的回执单

安东河

顺流而下,河床斑驳的缝隙里
长满岁月的青苔
河面的波纹折叠成层层书页
几只小鸟斜斜地剪贴在天空
一声啼叫又突然拐个弯,消失在远方
农村孩子的童年是水做的
日头从水面升起,新的一天豁然开朗
太阳落向河的尽头时
童年的记忆还在反复跃动

这是九月的一个黄昏
落霞中的河流像一根镀上金色的细麻绳
串起这个不大的村庄
 一条河可以哺育一个村庄
可以装得下历史的变迁
黄昏紧贴着水面铺开,舒缓而清晰
天边升起的星星,加深了黄昏的深度

九月的河水有了凉意
河流和落日在交谈，它们
说着只有风才能听懂的细微之音
河水盛满暮色，记忆一点一点喧嚣起来
小河与这座村庄一样
有许多细节和传说，它像一个老者
告诉你，在流逝的岁月面前
我们是多么渺小

这么多年过去了，这条河
像一根隐约的绳，牵着我和我的村庄
以一副千疮百孔的姿态
质朴而谦卑地活着
站在岸边，河水流淌的声响
仿佛是再一次喊起我的乳名

母亲的春天

春寒流泻未尽,初生的新芽
和鸟鸣已经蘸着晨风书写

穿村入舍的风,翻开村庄的扉页
田头小憩的水牛
静卧在晨霞和农谚深处
反复咀嚼着一个伛偻的背影

院子里的春天
随着屋顶上几枚飞鸟的脚印
蔓延到母亲沟壑纵横的眼角
满树的新绿,挂着当年
我们守口如瓶的秘密

远方在清晨吞噬了车流和人声
在母亲的眼里,春天
只是在这个院子里打个弯
就和外出的儿女们一起溜走了

和鸣

朝霞轻轻攀上枝头
早起的两只幼鸟
扑棱着翅膀,惺忪的样子
让我突然想到儿时的自己
霞光在枝头加速向四周散去
在新一天的扉页上
铺满夏日温柔的一面

两只幼鸟扇动起翅膀
飞离巢穴一圈后又折返回来
向停在枝头的母亲
叽叽喳喳说着什么
不远处的母亲
一声接一声地回应着,是鼓励
更是一种幸福的和鸣

夏在九圩

湖西岸的九圩坝上
吃饱的水牛
卧在树荫下乘凉
不紧不慢反刍着生活的滋味
几只牛背鹭从这头牛背
跳到那头牛背
仿佛是在替我清点牛的数量

蝉声像潮水,从青春期的树枝间
纷涌而至,漫过蜿蜒的堤坝
他享受着老水牛静卧时的闲暇
享受着书页上跳动的诗句
这是 1990 年的夏天
一样的午后和蝉鸣
在生茧的光阴里
变得坚硬如铁

升旗

晨风中,无数颗星星毫无倦意
它们期待着黎明醒来
温柔的霞光抚摸着广场的每一寸肌肤
少年的梦想高过笔直的旗杆
高过每一双清澈深情的目光

脚步,从历史深处踏出
每一次落下就是一声有力的回响
每一个清晨,把尊严和信仰捧在手中
引领不同经度和纬度的人们
从容、自强、坚定、向上。
心中的念想,在每一个黎明点燃
怀揣指引方向的灯盏,欢呼如涛声

此刻,无数颗星辰聚集在广场
无数双虔诚的目光聚集在广场
见证一段历史向另一段历史的致敬
连同阳光和五星红旗
一同升上苍穹

踏入一截旧时光

我走近时,正是黄昏
展翅的飞檐遍布山水的记忆
行经途中,尘世忽然之间安静下来
一颗敬畏之心默默低语
真情的流露是情不自禁的

白玉栏杆隔着新旧两种不同的时光
守着快乐的人期待一种久远
挥动的双手填补记忆的空白
用诗句焙制的红酒斟满唐风宋韵的平仄
有人在夕阳下做出飞翔的姿势

经年穿堂而过的风
无法探知这座建筑的秘密
一种力量牵引着历史的脉搏
白玉栏杆流淌的厚重与沧桑
带着雷电,带着风雨和日月的痕迹
给无数造梦者一个辽阔高远的疆域

谷雨封藏

说到谷雨,芬芳就溢满胸怀
一声声激昂的鼓点让欢乐泛滥
不断变幻的封藏大典
让酒都的天空越来越高

从粮食升华成酒需要180道工序
从明皇贡酒到双沟珍宝坊
需要600年的时间酿造
53度的液体呈现出一方水土和匠心
他们用方言唱着酒歌
在奔涌的血液里流淌
就像一颗颗绵柔的种子
生根,发芽

雄伟的雕楼打开古铜色大门
寻根溯源的祭祀和技艺传承
联袂而来。一坛坛装满新酒
盖着大红盖头的陶坛
在起伏跌宕的旋律中不断燃烧

空气中飘荡着古老典雅的词汇
无需传唱,酿酒人流淌的血脉
本就铿锵有力

酒镇

三面环水的古镇,浮于水上
朝夕奔涌的河水
把千年传说吟哦成小镇的清寂
河岸上,沐浴过唐风宋雨的双沟古镇
如一个满腹经纶的秀才
乘一叶轻舟
在明灭的渔火中
闪烁着前朝旧梦
身旁,饮尽夕阳的淮水有了光的质感
踏着酒香远渡而来
一些新生的糟醅,拔地而起
一个酿酒的老者,从六百岁的
古窖池里走来

城里的月光

月亮在高楼的缝隙间
怯懦地窥视
城市中色彩斑斓的景观灯
远比这亿万年的月光
更加吸引路人的眼球

此刻,与月光一样相形见绌的
还有初到城里的我
散发出泥土味的思想
总是无法与这些灯光握手言和
内心仅有的一点自尊
被这灯光照射得支离破碎

在雪枫墓园仰望一缕星光

碑塔沉默,群雕无言
敞开的胸襟铺展成宽阔的坦途
高举枪支的塑像是一枚坚守的钉子
牢牢楔在洪泽湖西岸
在雪枫墓园,十万红枫
被正义和理想泽润得茁壮挺拔
如戴红星握钢枪的战士
登高,望远,忆往昔

信仰在晨光中越过石阶
在高高的纪念碑上矗立成永恒
一滴鲜血汇入大海使大海辽阔
一截骨骼埋入大地让大地变得宽广
染血的红枫比夜空的星星还要灿烂
十万粒发芽的种子在泥土中发出呐喊
纪念碑上,方块字遒劲的笔画
拨开阴云,托起一片晴空

东关口

一座古城,除了历史的光泽
更多的是沉淀在砖石中的沧桑
置身北方,雄伟的身躯敞开胸襟
珍藏那些曾经惊天动地的辉煌

生长的草木满含诗意
隐入尘世的城楼,安坐在霞光里
云朵是它洁白的头巾
属于高山的草木
被阳光浸润着流淌出温暖的表情
用脚步盯住一座山峰
山峰就不断地矮下去

行走在城墙上的人们
用脚步丈量历史的高度
沾满灵气的双脚踏上城墙
每一个脚印里都储满一个
比春天还美的微笑

孤独的城墙有了生命的气息
它苍茫的头顶和袒露的脊梁
是时光长出的一块块硬骨
顺着骨头生长的方向
通向一段辉煌的历史深处

骨子里的壮美
镂刻成一个民族的印记
落霞堆砌的黄昏，一片金黄
沿着山势逶迤向远
水墨的封面被风雨
翻动着露出古朴的光泽
如同一部辉煌的历史，章节分明

贝壳,吹响海的潮汐

海的每一道皱纹,在奔向
岸的那一刻被包容,抚平
涨潮和退潮之间能发生的
都无法舍弃,此刻
可以在一枚贝壳上观海听涛

她蛰居在远离大海数千公里之外
那枚隐藏在秀发下的贝壳
是饰物,也是希望
在每一个深夜,海都不远万里赶来
揽她入怀,让她触摸浪花轻柔的肌肤

天空把纯净的蓝披在海的身上
世界归于最初的静默
很多温暖的叙事
被风鼓动成煽情的涛声

这是一个乡村女子唯一与海有关的事物
那枚乳白色贝壳是海的耳朵
汇聚着海的波涛
这个从未见过海的女子,在每一个深夜
心中涨落着一个谁也看不见的海

水上森林

落满风尘的渔家方言
挺拔成水上的一片森林
体内生长出一根根肋骨
沿着丰沛的湖泊,不断生长

把狂风、暴雨、洪流拥入怀中
这座水上森林
仿若一群人,守护着这片土地
截取头顶上的白云
书写大湖湿地的浪漫和温婉

斑驳的树干被岁月雕刻得沟壑分明
定格成两道深邃的目光
似乎可以窥见一种命运
这片伫立在湿地浅水区的水杉
攥紧每一寸泥土的体温
触发内心的信仰
它坚信:立地,就能顶天

流云

炙热的阳光遮住绿叶的媚眼
目所能及的地方变得缥缈
一抹流云,像一个
身受内伤的流浪汉蛰伏在街角

二十层高的楼房在脚下拔节
当最后一道钢筋混凝土合龙
晴空里,一记闷雷
惊跑了那朵带伤的流云

酿酒记

早已习惯晚睡,习惯早起
习惯三班倒的时间与空间的紧密衔接
出窖,拌料,装甑……
翻身坐起的糟醅
在这群匠人的手中变得多情而神秘

一个个锅甑成为一个个倒扣的小宇宙
冷峻的外表下澎湃着内心的激情
让一种液体有了硬度
70度的原浆酒流速由缓变疾
分离糟粕,去除杂质
留下一尘不染的初心

每一滴原浆的体内都在燃烧
蓝色的火焰点亮夜色
也点亮朝阳般明亮的生活
身穿蓝色工装的酿酒师傅在车间里
汇聚成大海的蓝,天空的蓝
正向着未来做着可持续的延伸

七月,安静地走过

这个七月,雨水来得太快
仿佛是一朵浪花摇曳的模样
穿越河流,并成为河流的一部分
一个普通的名字
足以构成祖国文学史上
最为坚固的一道桥梁
在湍急的河流中,你以心跳作为涛声
呼唤你深爱的村民

七月的风,
吹过塬上,吹过辽阔的山川河流
吹开了你平凡一生中的伟大
在这个四月,我想对着天空和大地
以星星和月亮的名义喊出你的名字
以山川和河流的名义喊出你的名字
我知道,此刻已无法听到
你铿锵有力的回答
你把自己化作一颗种子
种在故乡的泥土中,在来年的春风里
发芽,成长……

秋的味道

落叶,在湖面写满秋意
岸上,一丝不挂的树干
无法摆脱风的诱惑

阳光的碎片
在树枝间窜来窜去
一个季节正在被悄然翻过
风,迫不及待地丢下矜持
拽住秋的尾巴
等待,一场雪的降临

等候一场雨

雷声碾压着四散奔逃的乌云
天空有了一种妄为的冲动
流动的空气戛然而止

挽着裤腿的父亲,身影
倒映在秧田浅浅的水中
隆起的脊背上
落满厚重的乌云
一场暴风雨就要来了

雷声过后,天空有了巨大的寂静
一些雨滴落在生命的缝隙处
父亲若有所思的样子
仿佛一株抵达年迈的庄稼

时光，一饮而尽

一只盛满酒地杯子
在餐桌上肆无忌惮地游走
杯子里的酒精不怀好意地
窥视着一张张熟悉而陌生的面孔
碰杯，而后一饮而尽
模糊不清的思绪
浮动着记忆的暗影
原本笨拙的舌头
在酒精的诱惑下变得滔滔不绝
握着酒杯的手在不自觉中攥紧
当它松开，里面是一片
曾被过度挥霍的光阴
我真想把自己灌醉
借此，逃回少年时代
和单纯的友情过一辈子

巡线手记

朝露晶莹,旭日升起
结实的双肩驮着时光奔跑
工具包,测量仪,望远镜,巡线手册
一个个耳鬓厮磨,说着情话

辽阔的河岸,险峻的峰峦
和苍茫的田野成为脚下的方寸之地
信念是悬于头顶上贯通经纬的长线
生命的脉络在这一根根长线上凸现

观察,测算,记录
用脚丈量,用双眼检索
攀上峰顶的快感来不及享受
便直奔塔基,看一看更换的螺丝
有没有偷懒,试一试导地线是不是脱岗

一周磨烂一双鞋的纪录又被打破
这个纪录随着输电线路的延长不断飙升
他们翻山越岭,化作无形的电流

传向工厂、学校、城市和乡村
夕阳下,他们伫立的身影和铁塔
一同高高升起

高塔之上

攀援而上,脚步在上上下下之间
踩亮晨曦,踩醒满天星辰
也踩出一段郁郁葱葱的岁月

在高高的铁塔之上,远眺——
星星点点的光芒,在眼睛里闪现
透过一盏灯,照亮世界和内心

脚下的铁塔深深扎入大地
如一株粗壮的笋,正在拔节
此刻,你听不到大地的呢喃
却能触摸到万家灯火的心跳

瓷瓶、间隔棒、防震锤、安全绳……
在辽阔的天空中练习彩排
用一根根五线谱,弹奏出青春的斑斓

在无数名电力工人合力推演下
拇指粗的电线在塔与塔之间拉紧
不断向上,再向上

如同拉紧命运的绳索,拉起
一座城市的呼吸

春在赶来的路上

雪花,是昨夜遗落的星辰
在一条走旧的路上徘徊
温暖的词汇被风挂在燕子
张开的翅膀上
目所能及的村庄
一下子明亮起来,这一刻
没有了彼此提防的眼神
无数棵小草
在春阳铺开的晴晖上舞动
拔节的声音宛若一个新生儿的心跳

原野袒露出空旷的胸襟
落日的光芒
像一个少年回头张望的眼神
从那些新生草芽的身形和方言中
可以辨认出父辈的姓氏和乳名

天岗湖畔

冬日的暖阳,在天岗湖湛蓝的水面上荡漾
暖暖地照在智能化光伏发电板上
无形的电正在以光的速度助力发展致富
勤劳和智慧,终会打破贫穷与落后的禁锢
闪耀出光芒
扶贫工作组的雄心把未来码放成立体的模样
头顶上的太阳,就是他们的"阳光银行"
一张张敦厚的脸庞储满笑容
见证了一个乡村蓬勃立起的雄壮

披星戴月的身影出没在水产市场
分类、称重、打捆、包装
一只只肥大健硕的大闸蟹在物流快递中
涌向四面八方
天岗湖畔,稻田生态养殖成为人们致富的
新榜样
埋头苦干的养殖人用勤劳点亮夜色
也点亮一朵朵花一样盛开的汗渍
遍布全国的营销网络像晴空的骄阳
把养殖户的内心照亮

上岸

湖水告别，舟楫归隐
退渔还湖，登岸的人
内心卸下了随波逐流
敞亮的露台堆满云雀的情话
这些两层独栋小楼
依偎在鸟鸣和浓绿中，远处
弧形天空把空阔的水域收拢

湖水拍岸的声音亲切而顿挫
像方言中日益深谙的谶语
四月的湖水开始发芽
阳光有了尖锐的棱角
习惯了黄昏时站在露台
听湖水滑过耳畔
看三两只白鹭从身旁飞过
仿佛一切都在变，一切又没有变

地下酒窖

数百岁的地下酒窖安坐在时光之外
我走近她时,正是黄昏
夕阳挂在展翅的檐角
黄杨树的枝丫上
挂满历史的印记和芬芳
行进之中,尘世开始安静下来
一颗博大之心在默默低语

绵厚的墙衣藏着新旧两种岁月
灰白色胎记暗藏在历史深处
扑鼻的泥香拨动记忆
用岁月焙制的原浆斟满唐风宋韵
有人在昏黄的微光下做出飞翔之势
更多的老窖池伸了个懒腰
再一次凝视匆匆而过的人群

深情的流露是情不自禁的
真正的酒是有骨头的
一杯进喉,两杯入心

按捺不住的春心坚定地朝着天空
挥动的双手擎满春风和阳光

古槐

这里的绿,足以唤起
每一个生命的激情
仰望遂生出敬畏之心
一株槐树用两千多年的光阴
伫立,守望
有时,孤独大于喧嚣
缜密的心思,如阳光在树叶上流动

枝叶舒展,向上,再向上
让广阔的胸膛再一次填满
翠绿的鸟鸣
古老的枝干接近天空一寸
深埋泥土中的根须就向黑暗前行一尺
它终日接住来风
那种安然自若、波澜不惊的生长
是一种生命的极致

一树两杈,它们凝眸相望
一枝是仁者,一枝是智者
无言中,袒露出水乡的灵慧
在每一个人经过时,颔首祝福

曲妹

豌豆的青衣在坊间舞动
思绪与宽袍大袖
沉醉于曲妹白皙的脚下
沉甸甸的秘密开始在心底萌发
一如既往
大麦的金黄，带着女子的温润与纯洁
低吟浅唱

那些粉身碎骨的谷粒
以一种拥抱明天的姿态
踮脚站在古老技艺的制高点
仰望星辰。她们并不沉闷
灵魂在挺立与行走中
遇见风雷与闪电

棱角分明的曲胚挥汗如雨
轻盈的双脚刻画成一段缠绵的韵律
一种尘封已久的神秘符号
在黑白明暗中孕育朝霞的光辉
这一群青春萌动的女子,带着
古老技艺扬起的新韵踩醒酒的魂魄

一滴原浆,蕴藏天地辽阔

天空足够高远,大地足够辽阔
怀揣理想的秋风同酿酒者
即便坐在一起,也不谈往事
只在青砖灰瓦的纹路里
举杯向青天,促膝谈未来

每一滴原浆,都是高粱升华后
遗落在窖池里的精华
注满酿酒者丰盈的心房
地缸的酒醅藏着岁月的足印
淮河孕育的清香诞生在黎明之前
一路向远

一个窖池就是一本线装书
古朴的封面
被岁月翻动出金质的光芒
旖旎成一个多彩的心愿

借一滴出甑的原浆
遥想天地的深远与宽广

这里的酒有着水与火的双重性格
从平静到热烈，只有一步之遥
一些新生的酒花，相拥而出

今夜,想起一条河

今夜,想起一条河流
足够古老,足够绵长
河水喂养着千里岸边的生灵
历史与未来,在朝夕的流淌中碰撞
河道蜿蜒,堤岸曲折
你臂弯圈住的是千年辉煌
怀揣梦想的苏北汉子
走下马陵山麓
青春和汗水在那一刻
点燃运河两岸
古老而宽阔的河道
流淌着华夏数千年的文明
也流淌着故乡的古往今来
若干年后,我的故乡
定会铭刻在灿烂的历史画卷之上

季风拂皱水面,云帆点缀天边
古老的运河焕发出新的生机
自古繁华的黄金水道

历经朝代的更迭,风雨的洗礼
伴随亘古不变的岁月,继续铺展
一个又一个传说,挂在运河的拐弯处
熏染着故乡的日出日落
倾述着一位母亲绵延不绝的柔情
临河远眺,宽阔的河面
可以泊下千里之外的万艘船只
连通古今的运河穿越历史的尘封
伴随着岁月的年轮前行
明晨,我们迎着朝阳升起的风帆
朝着家的方向,顺流而下
在同一条历史的长河中,血脉共融

小草的心跳

一株小草的心跳,惊醒大地
纤弱的身躯冲破倒春寒的围剿
叶脉是一支上弦之箭
时刻准备射向更远的远方
从地下探出的几个嫩芽
一次又一次越过生命的高度

风弯下腰,紧贴地面
和小草耳鬓厮磨。田埂上
灿烂的笑脸不动声色地
绽放着葱茏
孕育生机的脐带绵延不绝
无数棵小草站了起来
以春风为号,集结一路风雨
蓬勃的心跳响彻春的深处

饱含泥香的母亲

冬至这一天,母亲起床时
村庄和儿女们都在熟睡

和面,拌馅,擀皮
低矮的灶台旁
半弧形的饺子仿佛是灯光下
母亲微驼的身影

柴火在灶膛里噼里啪啦地喧闹着
成群的饺子
跃入沸腾的水中

多像年迈的母亲
躬身踏入散满秧把的稻田
溅起的水花,饱含泥香

坐在阳光下

三月的阳光
保持着与生俱来的激情
遗落在枝头的晨星
孤独地醒着

那朵半开的桃花是一个初生的婴儿
不时对着朝阳打着哈欠
总在细微处袒露出某种音讯

整个春天,被大地捧在手心
它的眼神回答了一切
他注视着它时,仿佛是在注视
被省略掉的一种生活

村庄，在雪花中醒来

时光，白得像漂洗过的门帘
挂在斑驳的门槛上
独自缓缓落下
此刻的心思，与雪不期而遇
从冬眠的村庄里翻拣儿时的记忆
乘着雪花未化
抓几把装点半生的冷暖

蓄谋已久的风，叩开大地
把所有的河流打磨成一把尖刀
悬挂在大地的腰间
埋下一个季节的秘密
在某个深夜，漫天的雪花告诉我
春天，被西风悄悄藏在雪地里
等待人们用犁铧翻出

石岭

攀援而上
把 600 米的高度踩在脚下
尘世和生活于其中的人们
一览无余
千年冰川席地而卧
念叨着往事
无数条溪流在石崖间说着情话
数百年的沉默洞穿尘世的喧嚣
在空旷如你的博大胸怀中
临风沐雨。在一线天的缝隙中
窥探山石的沧桑
从一阵风开始
绿色浸入季节的纵深
把一抹原始的情愫揽入怀中
光阴再一次亢奋。所有的生命
开始在岁月的土壤里发芽
青藤裹石，石缝生竹

年月久远的怪石

挺拔成一座山的模样

白云之上，孤独

是它唯一的情怀。直到

把一块嶙峋的石头叫醒

把一座山岭坐成一片风景

五月，蹚过一条河流

每年的这一天，我们
总要把这条河流提出来反复掂量
随后，逆流而上
怀念历史波澜起伏的章节
并与今天的我们心心相印

这个五月，你步入一条河流
并成为河流的一部分
用最原始的方式，吟唱
从此，中国的江河湖海
便有了龙舟竞发
很多次我对着流水发呆
甚至幻想踩着你的脚印步入湍急的河流
寻找你埋藏在水流之下的秘密

五色丝线，把一个传说拴得太久
在历经时光的磨砺后
经年不老
照亮历史上的每一个今天

石头入水的声音
清晰而遥远
一条河流从此变得
辽阔而响亮
身旁，沉睡千年的河床和古石
冥冥中告诉我——
现实中的丑恶，有时并不明显
相反，时常美如鲜花

五月的风中，含着艾草的馨香
一个悲苦的诗人反复咀嚼着干涩的往事
一个名字，深深嵌入记忆之中
黑暗无法阻止一条河的流淌
在年复一年的流淌中，不断复活
深怕冰冷的河水浇灭心灵深处的那盏明灯

饮一杯如酒的月光

月光与花开一样,落地无声
抚摸宁静宽阔的街道
一股温暖的心境,顺着血管流淌
渲染着彼此的语境
连呼吸,都带着酒香的味道
灵魂在蒸馏中涤荡,升华
步入酒都的人,徜徉在一片月色中
在酒香的诱惑下绽开笑容

把浓浓月色连同梦想倒入玻璃杯中
一次次忘情地敞开襟怀
一杯月光,可以沉醉整个夜晚
一杯酒,可以温暖一段人生
怀揣天地间的月色
我把醉了的情思,系在
地下酒窖旁的黄杨树上
唐诗宋词里的平平仄仄

就在心中发了芽
一滴绵柔、醇厚的原浆
悄无声息地闯入我的梦中
灿烂成一束束诗情

春天之约

从一场淅淅沥沥的细雨开始
柳枝的脉络上,有了春的颜色
大地肆无忌惮地敞开胸襟
静静地演绎成一首关于绿色的诗行
直抵心的深处,用心灵的触角
赴一场春天的约会

循着流淌的酒香
目光无限延伸
沿着千里长淮的碧波
穿越半个世纪的风尘
丈量着意象深远的广场
这里的雕塑
临水而立,承接天地之气
于此,回望远古,遥想未来

此刻,面对尘封了六十载的荣耀
沉思,凝望……
天空荡漾着春的味道

谷雨生百谷,佳酒宜封藏
在这氤氲着千年酒韵的古镇
那些色彩斑斓的历史碎片
在一缕阳光的映射下
定格,成为永恒
我在等待,等待一场盛事的绽放
邂逅一场春天的约会

亲近一粒沙

想象自己是一粒沙
只为磨砺粗鄙的思想
心中装满起伏的山河

在库布齐沙漠,最大的恐惧来自
内心,捧起的沙从指缝间漏下
仿佛一生的光阴
攥得越紧流失得越快

我从未与一粒沙如此亲近过
摊开捧沙的手掌
某些美好稍纵即逝
落日宛如一面铜镜

映照出一种幻象,加深了
沙漠的神秘。让一粒沙
在残阳如血中,立地成佛

观花

如云的三千青丝
是拂动你脸庞的诗句
在平平仄仄的一颦一笑中
心,提前进入了春天

远方是一首婉约的词
我试探着用方言去吟诵
一张口,所有的思念
都盛开成一朵花

重生

旷野之上,一棵树
被风雕琢得棱角分明
那些赤膊的枝条
面对风的围剿
纷纷抽出脊骨般的利刃
刺穿狂风裹挟而来的灰暗
一些光
从不规则的缝隙里溢出

行色匆匆的风
是一群又一群的过客
它们带走最后一片叶子的时候
光阴在树的体内潜行
每一根枝条都发出破空之声
一个孤傲之人
在旷野露出笑容

采菱

竹篙撑开河面,泛起的波纹
咀嚼着夕阳落在河面的余晖
藏于水中的菱茎
分蘖出更多果实
尖锐的刺角划开季节的目光
在深秋的渡口停住脚步

竹篙折射的倒影,让我
看到往日的形状
每一次翻开菱叶
如同揭开一些不明真相的事物
身后恢复平静的水面
隐没的不仅有来时的印痕
还有这个季节里
和菱角一样成熟的故事和心跳

过客

放下手中的《平凡的世界》
时针正指向下午六点
他从未如此奢侈
一个人,独自
挥霍掉一整个下午

沿街的路灯,在逐渐黯淡的
落霞中明亮
他的内心突然变得丰盈起来
精瘦的脸庞
每一处的棱角都刻着
敢于和生活硬碰硬的坚毅

天幕低垂
旷野匍匐着身躯
更多的细节
如同候鸟掠过

夜色弥漫于小城上空
那些不断向夜的深处
延伸的街巷，仿佛
身体里纵横的血管
总有一条是通向离心最近的路

雨后的湖

雨刚落了一半,满湖的荷花
便开了。高低不一的荷叶
盛满水珠,摇曳成
一条透亮的河流
雨后的云朵落在张开的荷叶上
和滚动的水珠一起坠入湖中
挽着浪花的臂膀远行

长篙撑开湖面的宽阔
我们穿荷采莲,在靠近
一朵莲蓬的那一刻
一只水鸟陡然转身离开
仿佛溅起一道时光的影子
整个下午,我们不再说话
低下身倾听每一朵荷花的心跳

淮洪调

二胡声走下琴弓,摆旱船的单桨
被鼓点收进耳熟能详的故事里
方言点燃的淮洪调
在两根琴弦之间淙淙溢出
不露声色地穿透夜幕
每一句唱词
在数百年后依旧意犹未尽

夏夜,那些淮洪调的传承者
被灯光抚摸成一道风景
喉管里有奔腾的淮水
灯光下这群心无旁骛之人
被众人环拥,或清雅或浑厚的唱腔
用一腔醉心的迷恋
治愈岁月枯萎后的疼痛

阳光照在河面上

正午的阳光照着河面
锋芒逼人
一条河被冰雪禁锢着
风在转了几圈后又回到冰面

在岸边落叶松的枝丫上
一群麻雀正在讨论生活的近况
不远处，被城市化弄丢的村庄
怀揣不可言说的秘密
寻找自己多年前的影子

一年已接近尾声
那些被生活压下的脚印
在阳光闪烁的午后
寻找出村的那条土路

深秋来信

提着灯笼的石榴树
在十月做好了御寒的准备
几只麻雀躲在浅黄的
枝叶后面私语
一些深秋固有的繁芜
铺满秋风的必经之路

鸽哨在傍晚时分响起
它们在村庄上空盘旋
像一群即将远行却又不忍离家的人
那些被落霞染红的
云朵和沉甸甸的石榴
像火,也像生活
有着各自的苦涩和甘甜

后　记

水，是生命之源，是大地上最伟大的旅行者。

人类最初的聚集地大多分布在大河流域，我生活的村庄位于淮北平原，临湖傍淮。这里是西楚霸王故里，有五万年前逐水而居的"下草湾人"，有被誉为"江苏人类文明之根"的顺山集遗址，有淮河第一坝浮山堰遗址，有历经1400多年沧桑的隋唐大运河遗存最完整的古汴河……它们都成为我笔下绕不开的写作对象，成为我诗歌作品中一行行闪耀着金属般光泽的文字。

行走在这片古老而神奇的土地上，随意捡拾起这里的一个传说，就能触摸到历史深处曾经辉煌的片段；随意掬一捧这里的河湖之水，就会让你品味到远去或渐入眼帘的璀璨……

英国著名学者休·霍顿说过："河流连接着城市与乡村……河流增加了诗意的流动性并强化了文化的连线性，与此同时也体现了瞬息万变、川流不息的动态，以及顽强的生命姿态。河流是变化与永恒的最好诠释。"

我早年居住的地方是濒临洪泽湖西岸，一个叫作"后店"的村庄，每逢夏秋两季男女老少农闲时都会到湖边的浅水处捕鱼捉虾。村庄上几乎每家都有一只小木船、一根长篙和一些渔具，利用早晚和农闲时到湖里捕鱼，不仅能够以此改善日常伙食，还可以上街卖掉一些鱼虾挣得些许零钱补贴家用。

记得每到夏季，大面积干涸的湖滩上长满茂盛的水草，这里就成了村里孩子们放牧猪牛羊的乐园。而紧靠村东边毗邻洪泽湖的一条内河就成为我们这些孩子的天然浴场，每天泡在水里，彼此不服气地打赌，看谁扎猛子憋气时间长、双手举出水面踩水坚持得久、来回凫水过河的趟数多，等等。直到今天，当我面对一条河流时还有种不胜其魔力之诱惑而蠢蠢欲动之心。

湖区面积广袤，有很多地方我们还从未涉足过，在这样的湖区内水生动植物繁多，自然吸引了众多的鸟雀在此觅食、筑巢，繁衍生息，不管是以此为家的留鸟，还是过境暂栖的候鸟，它们和人类结伴成为依水而居的"邻居"。时至今日，少年时和父亲一起撑船到十数里外的湖区砍芦苇编芦席、割蒿草喂牛，以及在湖边浅水处卷鱼的情景犹在眼前。

在初中毕业后的那两年，我像个无头苍蝇一样在我生活的村庄及周边晃悠，既不甘心和父辈们一样忙时耕种闲时捕鱼，又无外出闯天下的门路和勇气，由此造成的结果就是游手好闲，无业可就，好在邻村有几个志趣相投的年轻人鼓动着一起报名参加了高等教育自学考试。有的选择了法律专业，有的填报了小学教育专业，而我由于从小对文字的喜爱也就毫不犹豫地选择了汉语言文学专业。虽然最终未能以此改变命运，却也庆幸有书相伴，从此爱上了读书，以致后来再次拾起荒废多年的文字时还有种重逢故人般的喜悦。

多年后我从那个村庄走出时，它还是那么贫穷。在我离家若干年后，我出生和成长的村庄已经不在了，它和众多的村庄一样消逝在时代发展的长河之中，但于我来说，那里的一切"正如过去的时光，仍持续在今日的时光内部滴答作响"。

《邻水而居》分为"流水或其他""与黄昏对坐""举在头顶的村庄"和"像河流一样活着"四个小辑。内容立足我的家乡洪泽湖和淮河周边地域，以当地河湖文化、古韵文化、绿色文化为主题，以洪泽湖地区民俗民风、河流湖泊、生态文明、美丽乡村等为元素，展现即将消失或已经消失的但又在不断新生的民生图景。抒写了大湖大河之畔最美乡村面貌，展现河湖文化的传承与发展，探索在乡村振兴、自然生态保护等方面取得的伟大成就，在时代发展的大潮中记录下大湖之畔、河流之上的美丽乡村面貌。这些普通而又典型的乡村生活面貌，就像一道道原生态的食材，我努力通过诗的语言把它们烹制成一盘盘美味佳肴端到读者面前。

　　流淌的水既是最普通的自然现象，更是一种生命不息、追求不止的象征。而现实中的我们，都应该像流水一样，自由、执着、永不言弃地面对生活。依水而生之地，当是人间烟火之处。人文历史，承载着一个地方的独有记忆；人文精神，彰显着一座城市的独特魅力。我始终坚信那些在社会发展中泯灭的村庄，一定会在某个特定时期长出时代的新芽。

　　和众多的写作者一样，一首诗的写作过程是轻松愉快的，也是暖心的，诗句常常突然而至，让我有一种被文字恩宠的幸福感。正如著名作家迟子建所说："心中的光，是生命和写作不熄的火焰。"这束光，将永远闪耀在我生命的旅途中和每一个角落。

　　这部诗集的出版，得到了诸多师友的真诚帮助。感谢中国书法家协会会员、泗洪县书协主席姜广志先生应我冒昧之请为本书题写书名；感谢东南大学出版社杨光编辑为此书的出版所付出的诸多努力；感谢多年来在写作上给予我支持的诸位老师和下草湾诗社的一众好兄弟。

  谢谢你们！

2023 年 10 月 10 日于古镇双沟